사랑해,
그건 내 여행의 시초였다.

환생꽃

wefic

환생꽃

정이담

위즈덤하우스

포스트잇에 적힌 한 단어짜리 유서와
인도행 티켓. 내 여행의 유일한 이유였다.

무국적자가 되고 싶던 나날을 기억한다.
너와 나에게 흑백논리에 불과한 분류는 더
이상 의미가 없었다. 국적도, 성별도, 어쩌면
이름까지도. 우린 인지적 편의를 위한
라벨들을 거부했다. 영혼을 위한 이름은
아니었으니까. 단 한 가지로 표현할 수 있는
존재 양식이란 없기에 우린 초라한 명칭들을
사용하지 않았다. 꽃처럼 덧없어도 매 순간

새로 피는 삶의 방식을 선택했다. 그게 또 다른
업의 뿌리로 마음을 얽매더라도.

　　어제 네 발인식이 끝났다. 오래도록 널
추방했던 가족들이 상주였다. 난 네 곁에
가장 오래 머문 사람이었지만 무엇도 될
수 없었다. 내가 너의 누구였는지, 우리가
서로를 무엇으로 불렀는지 밝힐 수 없었다.
장례식장에 온종일 있어도 그들은 나에 대해
묻지 않았다. 알아차리지조차 못했다. 그들은
날 명명할 호칭을 갖고 있지 않았다. 우리
영혼은 그들의 언어 속에 없었으니까.

　　우린 출생 시의 성별에 구애받지
않고 함께 경계를 넘어 다닌 연인이었다.
이방인이자 무국적자나 다름없는 연인이었다.
넌 본인을 트랜스젠더로 불렀고 난 스스로를
논바이너리로 소개했다. 넌 화려한 색으로
치장하는 걸 좋아했고, 난 무채색을 선호했다.

내가 허옇고 맑거나 어둡고 깊은 색 속에 잠길 때 너는 꽃다발처럼 영롱한 빛깔로 살았다. 아름다웠다. 곁에 머무르면 다채로운 향이 나에게로 물들었다. 너와 함께할 때만은 세상의 한편이 우리만의 빛으로 채워졌다.

그러나 네 죽음……. 그곳엔 어떤 색깔도, 향도 존재하지 않았다. 상복을 입은 사람들과 조문객 앞에 바칠 수 있는 건 흰 국화뿐이었다. 넌 한 가닥 흰 연기로만 솟았다. 눈물도 나지 않았다. 여기서 울어버린다면 내 슬픔은 갖은 방식으로 조각날 게 뻔했으니. 우리가 절박하게 서로를 붙들며 걸었던 삶의 궤적마저 부서지도록 놔둘 수는 없었다. 동정, 혐오, 멸시. 무엇도 본래 우리의 것은 아니었다. 그래서 나는 가시 달린 장미가 목구멍을 할퀴는 양 고통스러워하며 모든 말을 삼켰다. 영정 사진 속 너는 너무나 어린 얼굴로, 바짝 민 머리로 웃었다. 넌 일주일 전만 해도 긴 머리카락을 빗으며 선홍색 립스틱을 발랐는데. 모조품 목걸이를 걸고 웃었는데. 그들은 죽음 앞에서조차 너의 부활을 거부한다. 네가 사랑하고 아낀 모든 것을 부정한다. 과거로부터 거듭난 너의 삶에선 눈을 돌린 주제에…… 옛 망령을 붙들고 운다. 지금 넌 어디에 존재하니. 그들의 눈물에 동참하기 싫다. 반평생을 함께해도 상주조차 되지 못하는 이곳에, 우리의 애도는 없었다.

텅 빈 집에 돌아와선 흔적들을 정리했다. 이미 많은 물건이 네 가족의 손에 처분되었다. 남은 건 언젠가 맡아둔 책 몇 권과 편지들뿐이었다. 우린 언제부턴가 사진도 찍지 않았다. 그런 비유동적인 매체들로 우리를 묶어둘 필요가 없었다. 하지만 네가

떠나자 남루한 파편으로라도 널 붙잡고
싶었다. 네 흔적, 체취, 온기를 더듬고 싶었다.
가족들은 네가 유서도 남기지 않고 떠났다고
말했다. 갑작스럽고도 조용한 죽음이었다.
너에겐 지병이 있었을 수도 있다. 거듭된
호르몬 치료와 복용한 약들 때문이었을
수도 있다. 아니, 며칠 전 뒷골목에서 시비가
붙어 상해를 당했는데 소송도 치료도 하지
못했다. 그 때문일 수도 있다. 어쩌면 주체적
자살을 했는지도 모른다. 거짓 같은 세상을
죽이기 위해. 아니면 수동적 타살일까?
진실이 고정된다고 믿는 편협함들이 네
목숨을 좀먹었으니까. 사인을 확정 짓고 싶지
않다. 영혼의 궤적을 증명하기에 이 세상의
언어들은 너무나 초라했다.

　　너의 신분증은, 수술을 다 마치지 못하여
성별 정정 신청을 끝낼 수 없었던 신분증은

가족들이 구청에 반납했다. 정부는 두 번째
망자의 신분증을 수거했다. 그게 무엇을
증명하는지 알고 싶지 않았다.

그날 이후 세상이 꽃으로 멸망하는 꿈을
꾸었다.

하늘에서 툭, 툭. 잎도 줄기도 없는
꽃들이 떨어졌다. 거리는 오색 빛깔로 물들며
멸종으로 향했다. 그 꽃은 신부의 부케였고,
사랑의 고백이었고, 일상의 기쁨이었다.
그랬던 꽃들이 세상에 종말을 불러왔다.
처음엔 작은 꽃잎들이 스테인드글라스처럼
빛났다. 그러다 소용돌이를 이루며 한꺼번에
몰려들었다. 수직으로 떨어지며 유리창을
깨트리고 전봇대를 뽑았다. 재스민과
에델바이스와 라일락과 목련이 폭설처럼
쏟아졌다. 둑이 무너져 넘치고 비상 사이렌이
울렸다. 사람들은 꽃에 깔려 질식했다. 꽃들이

범행하는 세상엔 비명이 없었다. 죽음은
부드럽고 고요했다. 꽃은 사람들의 목구멍을
틀어막았다. 거대한 연약함들이 선사하는
향기로운 죽음— 아네모네가 정강이에
부딪히고 금잔화가 코와 입술을 덮고 팬지는
눈을 가리고 백합은 고막을 관통한다.
목을 조르는 포인세티아와 폐를 짓누르는
산수유, 샛노랗게 균열을 내는 프리지어와
민들레, 카네이션, 유채꽃, 생물들의 머리를
담홍색으로 터트리는 라넌큘러스와 캄파넬라,
모두의 호흡을 잠재우는 달맞이꽃. 치열한
꽃들의 점령 속에서 난 네 이름을 부른다.
총소리도, 주먹다짐도, 피비린내도, 비난도
부정도 없는 재난. 사랑의 재난 속 오직
네 이름을 부르는 내 목소리만 울렸다.
이곳은 그들의 디스토피아이자 우리만의
유토피아였다. 꽃잎은 가냘프고 어여뻤다.

끔찍한 보드라움에 눌려 세상이 죽어간다.
어차피 모두가 끝을 맞이할 거라면 이런
죽음이 나았다.

　　꿈을 꾼 다음 날, 낯선 소포 하나가
도착했다. 발신자는 너였다. 오늘은 내
생일이었다. 오래도록 기념하지 않았던
날이었다. 무슨 변심이었을까, 넌 이상한
방식으로 마지막 흔적을 남겼다. 소포 속엔
꽃바구니 한 개와 출발일이 정해지지 않은
인도행 티켓 두 장이 있었다. 하나엔 내
이름이, 다른 하나엔 네 이름이 적혔다.
넌 이걸 부칠 때까지만 해도 미래를
꿈꾸었으리라. 네 명의의 비행기표 뒤편엔
작은 포스트잇이 붙었다. 그곳엔 한 단어만이
적혀 있었다.
　　'사랑해.'

세 음절의 단어. 그건 네 유언의 전부.

사랑해.

네가 등진 세상에, 꽃처럼 덧없는 이
세상에 더 이상 그런 말이 무슨 소용일까?
꽃바구니는 무거웠다. 감당할 수 없을 정도로.
그 속에 얼굴을 파묻었다. 날카롭게 코를
찌르는 생명의 냄새에, 허무한 아름다움이
지르는 비명에 정신이 혼미했다. 잘린 꽃들은
플로럴 폼 속에 허리를 박은 채 환하게 빛났다.
물을 주지 않으면 그것들은 미라처럼 바싹
마르겠지. 난 꼼짝하지 못한 채 읊조렸다.

넌 절대로 환생하지 마. 다시 태어나지 마.
돌아오지 마. 영원히 저 너머로 떠나. 멀리,
아주 멀리. 사랑 때문에, 고작 사랑 따위에
다시 돌아오지 마. 절대로, 다시 태어나지 마.

고개를 들었다. 서늘한 기운이 몰려오는
창밖엔,

꽃비가 쏟아졌다
영혼의 무게만큼

나는 인도로 가야 했다. 어떤 곳인지도
모르는 이국으로. 네 유언이 내 목숨 줄을
틀어쥐었으니. 생존자의 티켓만을 사용하여
떠나야 했다. 모든 약속을 취소하고 조촐한
짐을 챙겼다. 옷가지 몇 벌과 세면도구, 여권이
소유물의 전부였다. 마지막으론 손가락만
한 병에 담긴 유골 가루를 챙겼다. 그동안 네
그림자가 가슴에 일렁였다.

우린 여전히 방랑자였다. 영원한 이방인의
운명이었다.

❖

매끄러운 도로를 타고 공항으로 향한다.
인기척 없는 도로엔 가로등만 일정한
간격으로 늘어섰다. 식물조차 보이지 않는
밋밋한 길 끝에 마찬가지로 반질거리는
공항이 있다. 내부는 거대한 쇼핑센터를
방불케 한다. 한국의 공항은 인공적으로
다듬어진 또 하나의 도시였다. 영화관과
마사지 숍, 미용실까지 있었다. 한국의
첫인상이 어떤 모습이길 바라는지를 여실히
담은 공간이었다. 출국 수속도 빨랐다.
기계를 통하면 몇 분 만에 모든 과정을 끝낼
수 있었다. 나는 타인과의 대화 없이 수속을
마쳤다. 등에 멘 배낭 한 개가 전부라 수화물을
부칠 필요도 없었다. 네 유골은 아무런 의심을
받지 않고 검색대를 통과했다. 파우더나

소금이라 둘러댈 필요도 없었다. 작은
주머니 안에 들어가는 너의 흔적은 '법적으로
허용'되었다.

　　면세점은 인파로 북적였다. 그들은 끝없이
갖은 상품들을 욕망했다. 향수, 화장품, 가방,
담배, 가전제품……. 눈과 코와 귀와 입을
채우는 물건들이 시세보다 조금 싸다는
이유로 불티나게 팔렸다. 다들 분주한 가운데
나는 무엇도 원하는 게 없었다. 그래서 멍청한
얼굴로 의자에 앉아 사람들을 구경했다. 곧
멀미가 났다. 머릿속엔 네 마지막 세 글자만
가득했다. 네가 온 생을 걸고 던진 그따위
단어 때문에 난 이곳에 있다. 쇼핑에 몰두한
매끄러운 얼굴들 속에. 네 유골 가루가 든
가방이 목을 죄었다. 어쨌든 도망치긴 글렀다.

　　노을이 질 때쯤 탑승 콜이 울렸다.
가방을 앞으로 돌려 멘 채 기내로 들어섰다.

자리에 앉자마자 최대한 창에 머리를 기대곤 웅크렸다. 비행기는 밤바다처럼 어두운 세상을 두고 떠올랐다. 실내등이 꺼졌다. 바깥은 거대한 소음이 몰아치지만 암전된 이곳은 미지의 관처럼 조용했다. 이제 사람들은 저마다 모포를 덮고 스크린을 응시하거나 잠에 빠졌다. 드디어, 너를 생각해도 괜찮았다. 다들 죽음처럼 고요해졌으니까.

누구보다 삶에 가까우리라 여겼던 너. 육체의 지형학을 바꾸고, 수많은 불일치와 싸워나가던 너. 주삿바늘과 약물로 점철된 고통들도 운명을 개척하는 널 막을 수 없었다. 변덕스러운 자연을 살아내고 항해한 너. 풍랑으로 삶이 몇 번씩 뒤집혀도 살아가던 우리. 가보지 않으면, 겪어내지 않으면 절대 알 수 없는 세상이 있었잖아. 겪을 만큼 겪었고, 발버둥 칠만큼 쳤었지. 그런데 아직 네

죽음만은 매듭지을 수가 없다. 물질로 가득한
세상 속에서 넌 그 이상의 경계를 살았었는데.
미결된 애도가 뒤통수를 얼얼하게 만들었다.
좁은 좌석 속에서 팔다리가 부풀었다. 네가 숨
막히는 관에 담기지만은 않아서 다행이었다.
지금 넌 나와 비행 중이다.

보고 싶다.

긴 꿈이 이어졌다.

총천연색의 꽃이 건물을 무너뜨렸다.
그 사이…… 네가 서 있었다. 꽃으로 만든
면사포와 드레스를 입고 나를 향해 웃는 너.
꽃에 짓눌려 질식하는 사람들 사이, 무너지는
세상 속에서 오직 너만 사랑을 고백했다. 종교,
자본, 편견, 혐오, 무지가 사랑을 대체하기
이전의 역사를, 네가 고백했다.

*세상이 우리의 고백을 금지한다면 어디에도
없는 결혼식을 올리자. 주례는 노숙자에게*

부탁하고, 청첩장에는 죽어버린 연인들의 이름만
적자. 가장 낯선 결혼식을 올리자. 침수되는
꽃들이 우리의 하객. 주례사는 창백한 혀들을
갈가리 찢을 때 들린다. 「당신들의 꽃, 그 꽃을
죽이고 괴물을 움켜쥘 거야 날개 뽑힌 천사가
힘을 보태겠지 아니 키스한 후 죽이고 싶다
이런 숭고한 감정 우주 속의 사랑 거름들이
마침내 바람 속을 기는 밤, 그 밤의 말미에, 꽃은
불탈수록 신선한 냄새가 난다 태초부터 축복이던
연인들의 향기를 알아차리면 꽃은 새벽으로
돌아오겠지 수없이 환생한 연인들이 서로에게
꽃을 겨누는 동안」

　　착륙 직전 어디선가 불어온 꽃향기를
맡았다. 퍼뜩 놀라 깨어나니 사람들이 나갈
채비를 하는 중이었다. 인도에 도착했다. 난
일부러 느리게 짐을 챙겼다. 그리고 결혼식
행진을 하는 신랑처럼 천천히 걸음을 옮겼다.

우리의 신혼여행지는 콜카타였다. 생소한 도시였다. 칼리 여신을 숭배하는 전통 깊은 도시, 테레사 수녀가 사역한 곳, 세상에서 가장 정신없는 도시. 이런 수식들로만 도시의 이미지를 어림잡았다. 콜—카—타. 목을 긁어야만 소리가 나는 도시의 이름은 네 유골처럼 거칠었다.

공항 내의 프리페이드 택시를 신청했다. 콧수염이 짙은 운전사가 자신의 차로 나를 안내했다. 눈이 아플 정도로 쨍한 노란색 택시였다. 그곳에 올라타자마자, 한 가지 단어를 떠올렸다.

무자비한 인생.

도로에 올라선 동시에 왜 이곳에서 독립운동과 종교 갈등과 폭력, 예술, 비극, 그리고 죽음을 돌보는 사역자들이 동시에 존재했는지 이해했다. 눈앞에 어마어마한

차들로 붐비는 길이 펼쳐졌다. 도로는 조금의 틈도 없이 자동차가 꽉 들어찼다. 쉴 새 없이 울리는 경적 소리들이 사방에 빼곡했다. 공황을 느낄 정도였다. 오른쪽에선 따따딴따따, 왼쪽에선 빵—빠앙, 앞뒤론 빠빠빠빠빠. 균일한 리듬 따윈 없었다. 모든 사물이 도처에서 제멋대로 비명을 지르는 듯했다. 전기에 감전된 마냥 충격이 찾아왔다. 횡단보도와 차선은 제대로 보이지 않았고, 택시는 신호와 상관없이 내달렸다. 언제 사람들이 길을 건너는지 알 수 없었다. 택시의 수동 손잡이를 돌려 창문을 열면 1초도 안 되어 콧구멍이 시커멓게 변했다. 버스, 택시, 릭샤, 오토바이들이 매듭처럼 얽히고설키며 한꺼번에 움직였다. 무질서의 광란 그 자체였다. 택시 기사는 익숙한 듯 콧노래를 흥얼거리며 말을 걸었다. 촌스러운 이방인인 나는 제대로 대답할 수도 없었다.

숙소까지 가는 길도 아비규환이었다.
행인의 99퍼센트는 죄다 남자였다. 큰 눈을
치켜뜨고 바삐 움직이는 그들과 수시로
어깨가 부딪혔다. 빽빽한 인파로 어지러운
보도 옆, 하수도 구멍 근처엔 사람들이 거적을
깔고 생활했다. 울어대는 신생아에게 흙탕물을
떠먹이고, 벽도 화장실도 없는 맨땅에서
엉성한 깔개 한 장을 살림의 전부로 삼았다.
바닥에서 시작해 바닥에서 끝나는 인생의
옆을 수많은 사람이 아무렇지 않게 걸었다.
때로 죽은 건지 산 건지 알 수 없는, 거죽
얇은 개들이 혀를 빼물고 드러누워 있었다.
카레 가루, 매연, 비누와 과일, 제단에 올리는
향의 감각이 세 걸음마다 변했다. 생명을
가진 모든 것은 처참하게 뒤엉키고 내달렸다.
수많은 윤회를 건넌 도시의 모습은 이랬다.

등줄기로 땀이 흘렀다. 네 유골을 잃을까
봐 겁이 났다. 이걸 누군가 훔치면 어쩌지?
죽은 사람은 말이 없지만 남은 이들은 삶의
잔여물을 필사적으로 마주해야 한다. 그
본질은 등골이 주뼛 설 정도로 세찼다. 눈앞에
가까스로 낯익은 간판이 보였다. 겨우 숙소로
뛰어들었다. 내부는 조용했고, 그제야 긴 숨이
뱉어졌다. 날 스쳐간 생의 광경에 좀처럼
마음이 진정되질 않았다.

설상가상으로 내가 예약한 3천 원짜리
방은 손님을 끌어들이려는 허위 매물이었다.
사장은 예약 사이트의 사진과는 딴판인,
거미줄이 덕지덕지 붙고 벽에 죽은 모기가
말라붙은 끔찍한 방을 보여주었다. 그는
곧바로 웃돈을 주면 더 나은 방으로
바꿔주겠다고 흥정했다. 항의하고 싶었지만
실랑이할 기력이 없었다. 그래서 그냥 가져온

침낭을 덮고 자겠다고 했다. 내가 이 방에서
묵기로 결정하자 사장은 놀란 얼굴을 했다.
이곳은 외국인에겐 힘들다는 말만 반복했다.
난 얼른 쉬고 싶었다. 확고하게 굴자 사장은
아쉬운 듯 입을 쩝쩝대며 물러섰다.

　화장실은 공용이었다. 물을 항상 쓸
수 있는 건 아니었기 때문에 양동이에
받아두었다가 필요한 만큼만 써야 했다. 난
씻는 일도 포기하고 곧바로 침대에 쓰러졌다.
아직도 귀가 울렸다.

　숙소는 감옥만큼 낙후되었다. 대체
무엇으로 쓰던 곳인지, 곳곳에 먼지가
굴러다니고 손바닥보다 작은 창으론 햇볕도
잘 들지 않았다. 고장난 형광등이 불규칙하게
깜박였다. 그나마 벽에 달린 알전구들만
은은한 기운을 뿜었다. 난 가능한 모든 빛을
켠 채 멍하니 누워 있었다. 방금 마주한 거리와

숙소의 실체에 몸이 아플 지경이었다. 확실히, 복잡한 생각을 할 틈은 없었다. 숙소까지 걷는 동안 오직 생존에만 집중해야 했으니까. 이곳에 비하면 한국은 정말 매끄러운 나라였다. 태곳적 전생 같은 거리의 풍경이 뇌리에서 떠나지 않았다. 넌 왜 굳이 이곳에 오고 싶었을까?

그때였다. 사장이 다시 방문을 노크했다. 무거운 몸을 일으켰다. 해쓱한 낯으로 문을 열자, 어색한 표정의 그가 커다란 모기장 하나를 보여주었다. 이 방은 여행객이 묵기엔 만만치 않으니 이걸 쳐주겠다고 선심 쓰듯 말했다. 사기꾼이 보여주는 이상한 다정함에 그만 웃어버렸다. 사장은 콧수염을 휘날리며 긴 캐노피 모기장을 침대에 설치해주었다. 그러곤 머쓱한 얼굴로 나갔다. 그는 얼마나 다양한 여행객들에게 사기를 쳤을까?

인도라는 나라에 저마다의 환상을 품고 온
어중이떠중이들에게 가끔은 거짓말을 하고,
가끔은 인간적인 마음으로 대응하며 하루하루
밥벌이를 했겠지.

그는 내게 차파티와 차이 한 잔으로
이루어진 조식을 먹겠냐고도 물었다. 내가
사양하면 그는 공짜로 먹어도 된다며 방문
앞에 그것들을 놓고 갔다. 누가 봐도 사람 살
곳이 아닌 3천 원짜리 방에 묵으려는 날 사연
있는 행객으로 본 모양이었다. 퇴실하는 날,
나는 그에게 거리에서 마찬가지로 사기를
당해 산 푸자 꽃목걸이를 선물했다. 그즈음엔
인도에 적응되어 있었다.

낭만이라는 허울은 이 나라에 어울리지

않는다. 인도는 그보단 생존의 감각으로 가득 찬 나라다. 개인보다 거센 삶들이 꿈틀거리는 도시, 이 땅을 거쳐간 죽음과 생이 동시에 날뛰고 할퀴어 단 1초도 허무주의에 빠질 수 없는 곳이었다.

숙소에선 연일 인도 가수의 뮤직비디오가 흘러나왔다. 보수적인 문화라고 예상한 것과 달리 영상들은 꽤 선정적이었다. 사랑을 부르짖던 두 연인이 기다란 팔다리로 춤을 추다 서로의 목덜미에 열렬한 키스를 한다. 스무 명은 넘는 사람들이 한꺼번에 나와 그들의 뒤에서 춤을 추고, 음악이 한계까지 피치를 올린다. 정염의 불꽃이 타다 못해 터져버리는 것만 같다. 고막을 자극하는 음성과 무더기로 쏟아지는 인물들을 보자니 생각이 휘발된다. 폭풍우를 겪는 나뭇가지처럼 현란한 육체의 움직임만을 바라볼 뿐.

숙소 건너편엔 익숙한 브랜드의
패스트푸드점이 있었다. 특이한 점이
있다면 가게 앞에 '우리는 돼지고기를 팔지
않습니다'라는 문구가 붙었단 것이었다.
인기 메뉴 중엔 베지테리언 버거가 있었다.
본격적인 여행을 시작하기 전 배를 채우고
싶어 햄버거와 음료를 사 구석에 앉았다.
채소 패티에서 마른 콩 냄새가 풍기는 것만
빼면 익숙한 모양새였다. 자리에 앉아 음식을
씹었다. 이 혼란한 도시에 익숙해질 시간이
필요했다.

그런데, 갑자기 누군가가 허락도 받지
않고 앞 좌석에 털썩 앉았다. 난 눈살을
찌푸렸다. 상대는 눈이 시뻘건 남자였다.
이제 갓 이 나라에 도착한 여행자에게 당연히
현지인과의 일면식은 없었다. 다른 좌석은
텅 비어 있었다. 그런데도 일부러 여기

앉다니. 의도가 뻔했다. 소름이 좍 끼쳤다.

난 유리창 앞에 앉아 식사를 하는 중이었고, 그는 바깥에서 홀로 밥을 먹는 날 발견했다. 그러곤 표적으로 삼았다. 내가 불쾌한 티를 내도 그는 꿈쩍하지 않았다. 구걸하는 사람의 행색은 아니었으나 웃옷이 흙으로 더러웠다. 그는 내 일행인 척하며 연기를 시작했다. 나는 얼른 손을 들어 직원에게 도움을 요청했다. 앞치마를 두른 여자 직원이 다가왔다. 그를 손으로 가리키며 모르는 사람이라고 단호히 말하자 직원은 난감한 표정으로 그에게 무어라 몇 마디를 했다. 하지만 상대는 꿈쩍하지 않았다. 그가 하는 변명은 영어도, 힌디어도 아닌 것처럼 들렸다. 난 직원이 그에게 속지 않도록 최대한 무서운 표정으로 상대를 노려보며 고개를 저었다. 결국 다른 남자 직원이 한 명 더 오고 나서야 그는 어기적어기적 밖으로 나갔다. 메뉴는 하나도 주문하지 않고서. 직원들이 자리를 정리해주곤 카운터로 돌아갔다.

밥맛이 완전히 떨어졌다. 반도 못 먹은 햄버거를 놔두고 음료수만 들이켰다. 인도에 온 지 고작 하루밖에 안 되었는데, 이런 꼴을 당해야 하다니. 난 큼직한 검은 후드를 썼지만 단발에 가까운 머리 길이와 작은 체구는 그에게 '여자'로 읽혔다. 그래서 그는 경계를 침범했다. 내가 몸집 큰 남자였다면 절대 하지 않았을 접근을 시내 한복판에서 당당하게 저질렀다. 만약 단호하게 대처하지 못했다면 어떻게 되었을까? 조금이라도 머뭇거리거나 거절하지 못했다면? 기분이 침전했다. 난 목가적인 여행지를 더 좋아했다. 복잡하고 시끄러운 나라는 정말로 나와 맞지 않았다.

수상한 인도 남자를 물리친 후 다른

남자가 또 등장하자 그 생각이 더욱 강해졌다. 조심해야 할 건 인도 남자만이 아니었다. 이번엔 웬 동양인 남자가 옆에 앉았다. 그는 평범한 여행객과 별반 다르지 않은 행색이었다. 아까의 분을 삭이던 나는 그에게 딱히 신경을 쓰지 않았다. 그런데 그가 날 불렀다. "헤이, 걸."

처음엔 날 호명하는 줄 몰랐다. 초면에 다짜고짜 '걸'이라 지칭했으니. 난 그가 세 번째 불렀을 때에야 돌아보았다. 그는 까까머리에 안경을 쓴 흔한 외모의 남자였고, 손짓 발짓을 섞어 무언가를 말하는 중이었다. 기분을 가다듬고 제스처에 집중했다. 타국에선 여행자끼리 정보를 나누는 일이 빈번했으니 방금의 나처럼 도움이 필요한 사람인지도 몰랐다. 그런데 그는 팔다리를 허우적대면서 점점 몸을 내 근처로 밀착했다. 그의 영어

실력은 좋지 않았다. 내가 질문하는 말에는 하나도 대답을 못 했다. 혹여 날 자국민으로 착각했나 싶어 "아이 엠 코리안"이라고 말한 참이었다. 그는 의사도 묻지 않고 냅킨에 자신의 전화번호와 이메일을 적더니 곁에 앉겠다고 했다. 이건 또 무슨 상황이람. 어이가 없어 그를 바라보았다. 우린 이야기를 한 지 10분도 채 되지 않았고, 심지어 그의 영어 실력 때문에 제대로 된 대화조차 하지 못했다. 하지만 그는 개의치 않았다. 단지 이 지역에서 만나기 힘든 여성 여행객에 들뜬 표정이었다. 왜일까. 도대체 그들에게 여성이란 무슨 의미이기에. 멀쩡한 의도를 가진 사람은 이런 식으로 들이댈 리 없었다. 정중한 대화를 주고받다 이어지는 만남도 아니었고. 심지어 난 그들이 생각하는 전형적인 '여성'도 아니다. 하지만 설명해봤자 알아듣지 못하겠지. 대판

쏘아붙이고 싶었지만 말을 삼켰다. 대신 그가 건넨 냅킨을 구겨 던지며 "노"라고 말했다. 그의 눈이 둥그레졌다. 이런 식의 거절을 당할 줄은 상상도 못 한 반응이었다.

"겟 로스트(저리 꺼져)."

대놓고 한숨을 쉬며 뱉은 말에 그는 우왕좌왕하다가 몸을 일으켰다. 그러나 떠나지 않고 내 쪽으로 다가오려고 했다. 열이 확 올랐다. 타지에서 여성들은 안전하기 위해 친절하고 상냥한 태도를 고수하는 경우가 많다. 만일의 불상사를 방지하고 싶기 때문이다. 그러나 이런 사람들은 그 틈을 노려 밀어붙이면 거절 못 하는 이들이 많다는 걸 안다. 여행지의 '낯섦'이 야기하는 서투름과 당황, 생소함을 악용하는 거다. 처음 보는 사람에게 강한 태도를 취하는 건 많은 여성들에게 어려우니까. 그러나

상대를 잘못 골랐다. 난 그의 비위를 맞추려
존재하지 않는다. 더욱이 이런 불쾌한 접근에
호락호락하게 굴어줄 생각은 없었다. 다시
한번 꺼지라고 호통을 치자 그제야 상대의
낯빛이 사색으로 변했다. 삽시간에 정적이
흘렀다. 직원들은 놀란 눈으로 우리 쪽을
힐끔거렸다. 이 도시에서 이런 종류의 큰
목소리는 흔치 않았다. 남자는 얼어붙었다.
플러팅은 그에게 권력 게임이었는데, 목소리
큰 여자는—물론 난 여자도 아니었지만—그
게임에 사로잡히지 않아서였다. 난 고개를
까닥여 그에게 진짜로 꺼질 시간임을
알려주었다. 주변의 반응을 알아차린 그는
귓불까지 벌게져 카운터로 돌아갔다. 그 후
싸구려 커피를 하나 시켜 구석에서 홀짝이다
반도 못 마시고 나갔다. 난 그가 사라질 때까지
아까 남긴 햄버거를 오기로 다 먹어 치웠다.

이런 음식점에서 주문 하나 제대로 하지 않고 줄행랑을 친 그들의 뒷모습을 비웃으면서. 그들과의 조우는 여행의 낭만이 아니었다. 오독 중에서도 가장 불쾌한 시선의 오독. 안전하게 존재할 권리의 '침해'였다.

음식점을 나오자마자 이발소로 들어갔다. 그곳에서 오른쪽 머리만 밀어달라고 했다. 반절은 내버려두었다. 덕분에 턱선 아래까지 내려오는 왼쪽과 귓등까지 밀어버린 오른쪽 머리카락을 갖게 되었다. 정수리의 경계마저 비대칭인 머리가 만족스러웠다. 인도의 이발사는 테두리를 단정히 다듬진 못하여 더 마음에 들었다. 머리가 완성된 후, 이발사는 처음 협상했던 가격과는 다른 값을 불렀다. 나는 흔쾌히 돈을 지불했다.

그 상태로 거리를 쏘다녔다. 머리에 열이 오르니 어제처럼 길이 무섭지만은 않았다.

파크 스트리트역부터 서너 정거장도 넘는 거리를 정처 없이 헤맸다. 길은 여전히 좁고 복잡했으며 매연으로 가득했다. 낯선 향과 색채, 소리들이 감각을 어지럽혔다. 지열이 올라 도처에서 아지랑이가 어른댔다. 도시 전체가 환각 같았다. 온통 붉은색으로 치장된 건물과 대조적인 녹색 깃발들이 만국기처럼 하늘을 가로질렀다. 시장은 길의 경계를 알 수 없을 정도로 물건과 사람과 동물이 뒤섞였고, 수많은 구황작물과 노인, 의미 모를 낙서들과 샛노란 프리페이드 택시, 힌두교 신들의 스티커가 붙은 트럭이 지나갔다. 거리는 쉴 새 없이 시끄러웠다. 어딜 가도 사람은 많았고 내 목적지만 보이질 않았다. 소음은 잠시도 날 놔주지 않았다. 골목 사이사이로 으슥한 제단과 누런 흰자위를 드러내고 무언가를 중얼거리는 부랑자들이 있었다. 그러다 어떤 길목으로 접어들면 부유층의 집이 즐비했다.
고급스러운 사리를 전시한 가게와 비싼
음식점들이 나오면 삽시간에 조용해졌다.
생소한 격차였다. 1초 만에 뒤바뀐 평온,
조금만 다른 방향으로 걸으면 금세 등장하는
혼란들. 내 여행은 장렬한 대조 속으로 섞였다.
건물조차 극적이었다. 주황빛 벽돌로 지어진
집 너머 새파란 건물들이 중구난방이었다.
꿈에서 본 꽃의 폭풍이 떠올랐다. 이곳은
그야말로 뒤엉킨 꽃들이 거리로 형상화한
듯했다. 3억도 넘는 신들의 나라 인도다웠다.

　　한참을 쏘다니자 다리가 아팠다. 숙소로
돌아오는 길엔 지하철을 탔다. 동그란 코인
모양 차표를 뽑아 개찰구에 대면 통과할
수 있었다. 이미 개찰구 앞엔 줄이 길었다.
그런데, 앞사람의 표가 먹통이었다. 그가
여러 번 표를 누르는 동안 뒤에서 멈추지

않고 사람들이 밀려들었다. 앞에서 사고가
났는데도 막무가내였다. 그들은 꾸역꾸역
앞사람과 내 등을 짓누르며 부대끼기
시작했다. 앞사람은 당황하여 경찰을 불렀다.
나도 뒷사람들에게 멈추라고 소리 질렀다.
그러나 사람들은 듣지 않았다. 내가 꽥
고함을 지르려던 찰나, 경찰들이 도착했다.
비상용 열쇠를 대어 개찰구를 열더니 무어라
외치며 나와 앞사람을 거칠게 빼냈다. 마치
길을 막은 우리 잘못이라는 듯한 태도였다.
난 인상을 찌푸리고 콧수염 짙은 경찰과
눈을 마주쳤다. 그러자 그는 갑자기 멋쩍게
씨익 웃었다. 개찰구론 다시 수많은 인파가
물밀듯이 들어왔다. 그들은 이런 일이 일상인
양 아무렇지 않은 얼굴로 걸었다.

맥이 탁 풀렸다. 이게 인도의 삶이었다.
거칠고, 혼란스럽고, 도무지 멈추지 않는

나라. 혼돈이 이곳 삶의 본질이었다. 한국의 몇 배나 되는 사람들이 생존을 위해 분투한다. 한순간도 긴장을 늦추면 안 된다. 매끄럽고 부드럽기만 해선 생존할 수 없었다. 유한한 몸을 가진 이들의 삶은 그랬다. 나는 사람들 속에 섞여 다시 지하철을 탔다.

지하철 안엔 여성만을 위한 좌석이 마련되어 있었다. 한 줄이 전부 '레이디스'를 위한 칸이었다. 여자들은 그 앞에만 수두룩하게 줄을 섰다. 사내들은 양 끝의 작은 정사각형 공간에 바글바글 모여 갔다. 여성 전용 칸에 서는 건 남자로서 수치스러운 일인 듯했다. 그들은 좁은 공간에서 땀을 뻘뻘 흘리면서도 좌석 앞으로는 오지 않았다. 난 전용 좌석에 앉기 위해 긴 줄을 서야 하는 여성들의 삶과, 무더위에도 금지 구역을 넘을 수 없어 습한 어깨를 맞댄 남성들의 삶 가운데서 있었다. 어느 쪽도 선택하지 못한 채.

'보호'란 '가해자'가 있기 때문에 생겨난다. 한국의 상황도 크게 다르지 않았다. 다만 이들은 왜 남자가 여자를 위해 자리를 양보해야 하는지 묻지 않는다. 강간을 가해하는 천박한 남성성을 속죄하라는 압력 때문일 수도, 아니면 최소한의 매너나 여성의 공간에 속하는 게 수치라 여기기 때문일 수도 있었다. 만약 우리의 다양성을 남김없이 드러내도 존중받는 사회라면, 성향과 지향을 이유로 공격하거나 추행하지 않는 사회라면, 타인의 입장에서 다양한 경계를 상상할 수 있는 사회라면 모두의 숨통이 트일 텐데. 더위에도 앉지 못하는 남자들과, 그들의 접근을 막는 성벽처럼 둥글게 좌석을 둘러싸고 창밖만 바라보는 여자들 속에 하릴없이 실려 이동했다. 그들은

내 이방인다운 헤어스타일에 시선을 몇 번
주었다. 그건 차라리 한 가지 특징을 과도하게
오독하는 일보단 나았다. 난 점점 삶을, 이
여행을 판단할 수 없었다.

길거리에서 사 먹은 음식 때문이었는지
이틀 내내 배앓이를 했다. 누군가 위장을
틀어쥐고 우그러뜨리는 듯한 고통이 몰려왔다.
3천 원짜리 침대 위에서 뒹굴었다. 약을
먹어도 토했다. 소화되지 못하고 변기 안에
둥둥 떠다니는 알약을 보며 여행이 아니라
고행을 하러 여기까지 왔나 생각했다. 아니,
생각할 기력도 없었다. 생수만 들이켜며
모기의 핏자국이 말라붙은 빈방에 누워
있었다. 이곳이 바라나시의 호스피스처럼

느껴졌다. 그곳에선 수많은 사람이 업을
정화하는 죽음을 기다린다는데. 갑작스러운
위경련이 찾아와 이불 위를 손톱으로 긁었다.
눈물이 찔끔 날 정도였다. 뒤척이다가 침대
위에 자물쇠로 묶어두었던 가방을 건드렸다.
주머니에서 유골 병이 달그락거렸다.
신경이 잠시 그곳에 머물렀다가 다시 벽의
핏자국으로 향했다. 빈혈로 어지러운 와중에
모기 시체는 붉은 꽃 모양으로 보였다. 신에게
바치는 푸자 꽃을 닮았다. 충격적인 인도의
꽃들을 떠올렸다. 연약하고 부드럽기보다
눈이 아플 만큼 쨍한 노랑, 자주, 주황……
불꽃처럼 강렬한 마리골드. 현란하고 극적인
꽃 더미들을 보면 식물조차 강인한 영혼을
가져야만 여기에서 살아남을 수 있는 것만
같았다. 방에 주검처럼 누운 내가 초라했다.
바깥은 무덥고 시끄럽고 젊기만 한데, 나는 다

늙은 노인처럼 골골거린다. 기력이 죽 빠질 정도로 내장의 불순물들을 내보낸 후에야 겨우 잠들었다. 몸의 감각이 아스라했고 그건 다시 꽃의 꿈으로 이어졌다.

본색을 드러낸 꽃들이 세상을 활보한다. 바닥의 검은 것들이 꽃인지 사람인지도 알 수 없다. 우박처럼 쏟아지는 꽃이 전봇대를 무너뜨린다. 그림자마저 꽃의 색으로 찬란하다. 배가 아팠다. 강한 본능을 간직한 장이 꿈틀거리며 몸부림친다. 난 왜 아직도 살고 싶을까. 살고 싶어도 되나. 이미 지옥이나 다름없는 이승에서 무엇을 위해 생명을 이어야 하나. 눈물은 증발했다. 인간에게 눈물은 사치다. 인간은 신에 가까운 것들을 수없이 죽였다. 그 결과 더 많은 신들이 태어났다. 아마 너도 저 너머에서 꽃의 신이 되었을 테지. 경계와 차원을 넘나들고, 더 많은 사랑을 피우는 존재로 진화했겠지.

그곳에서 보고 있다면, 제발 날 구해줘. 너는
모든 신에겐 수난이 닥치기 마련이라는
말만 읊조린다. 그 목소리가 꽃 폭풍에 섞여
쏟아진다……. 이마에 붉은 인을 찍고 불꽃
같은 왕관을 두른 너, 꽃처럼 수많은 팔다리를
펼치는 네가…… 이곳의 여왕이다. 이 세계는
사랑을 두려워하는 졸개들의 무의식을 먹고
자란다. 그들은 사랑이 세상을 멸망시킬
거라며 자신들의 공포를 투사했다. 그 공포는
아름다운 꽃이 세상을 멸망시킬 수도 있다는
두려움만큼 허황됐다. 어쨌든, 그 덕에 넌
이 저승을 완성했다. 사람들은 밀려오는
애정을, 존재를, 사랑의 발현을 막을 수 없다.
멸시할 수도 없다. 여기, 나의 사랑이 신으로
환생했으므로.

　　누구도 네가 꽃피는 일을 막을 수 없다.

정신 차렸을 땐 배의 통증이 가라앉았다. 창틈으로 빛이 쏟아졌고, 가방의 해진 주머니 밖으로 삐져나온 네 유골 위를 비추었다. 그건 한 줌 꽃잎처럼 가냘프게 반짝였다.

❖

바라나시로 떠나는 날이었다. 몇 번이나 도로에서 버스를 타려다 실패했다. 콜카타의 버스는 정류장에 멈추지 않는다. 서서히 속도를 줄이기만 할 뿐이다. 승객들은 차가 정차하기 전 달려가 올라타야 한다. 나는 번번이 실패했다. 세 번이나 타이밍을 놓친 후 도보로 걸어갔다. 그래서 이번은 열차를 놓치지 않으려고 미리 역의 대기실에서 기다리기로 했다. 인도의 거리는 새벽부터 생명력으로 넘쳤다. 주민들은 정신없이 바쁜

일상에 지친 얼굴을 하다가도, 이방인의
물음엔 직접 도로 앞까지 나와 길을
알려주었다. 아이 넷을 돌보던 한 가장이
맨발로 나와 내가 틀린 길을 가고 있단 걸
깨우쳐준 덕에, 세 시간이나 일찍 하우라역에
도착했다. 이른 시간이라 대기실엔 손님이
적었다. 괜히 돌아다니다 가방을 잃어버리거나
탑승 시간을 놓치면 큰일이었다. 난 의자에
앉아 엽서나 쓰며 시간을 때우기로 결심했다.

대기실엔 다홍색 펀자비 드레스에 푸른
스카프를 걸치고 긴 머리카락을 한쪽으로
땋은 손님 한 명만 있었다. 안경을 쓰고 두꺼운
책을 읽는 모양새가 대학생인 듯싶었다. 난
그와 세 칸쯤 떨어져 아무것도 쓰지 않은 엽서
묶음을 꺼내 들었다. 엽서엔 힌두교 신들의
모습이 그려져 있었다. 그중 하나를 뽑자 네
개의 팔로 닭을 탄 검은 머리 신이 나타났다.

왼쪽 콧방울에 화려한 피어싱을 하고 머리를
길게 늘어뜨린 모습이었다. 남신인지 여신인지
짐작도 가지 않았다. 이 신의 얼굴은 너와
닮았다. 그래서 누군지도 모르는 신의 엽서를
샀다. 엽서의 여백을 만졌다. 눅진한 종이
냄새가 풍겼다. 그때, 갑자기 돌풍이 휙 불어
흙먼지가 눈에 들어가는 바람에 엽서를
놓쳤다. 그건 팔랑거리며 옆 승객의 발꿈치
아래에 떨어졌다.

　"어디서 오셨어요?"

　그가 읽던 책을 덮고 엽서를 집어 들며
물었다. 난 당황하며 사과했다. 그러자 그는
괜찮다며 엽서를 돌려주려 자리에서 일어섰다.
그는 키가 아주 컸다. 넓은 손바닥에 비해
손가락은 가늘고 고왔다. 그가 웃으며 다가와
엽서를 내밀었다. 난 얼른 그걸 받아 들었다.
감사 인사를 하자 상대는 쑥스러운 듯 어깨를

움츠리곤 큰 입으로 웃었다. 자리로 돌아가는 대신 엽서 속 신을 가리키면서 말을 걸었다.

"아름다운 엽서를 샀네요."

귓가에 들린 음성은 허스키했다. 묘한 파장의 목소리에 불현듯 너를 다시 떠올렸다. 상대는 스카프를 끌어당겨 목을 가렸다. 그는 자신이 아는 한국의 전자 기기 브랜드나 자동차 회사의 이름을 대며 화제를 이끌었다. 아직 기차 시간은 한참 남았으니 우린 대화를 좀 더 나누기로 했다. 그는 의과대학에 다니는 학부생이었다. 방학이라 잠시 고향에 내려왔다가 돌아가는 중이라고 했다. 쉽지 않은 공부지만 자신이 태어난 동네를 위해 꼭 의사가 되고 싶다고. 북한과 남한의 정세에 관심을 가진 적 있다며 말을 이었다. 그때마다 나는 귓가로 들리는 낮지도 높지도 않은 목소리에 집중했다. 그는 내가 왜 인도에

방문했는지 궁금해했다. 말문이 막혔다. 내
여행의 목적? 이걸 어떻게 설명해야 할까.
그저 한 단어짜리 유언에 사로잡혀 떠밀리듯
여행길에 올랐다는 사실을. 추억과 상실이
서린 한국을 떠나면 이 슬픔을 정당화할 수
있을지 모른다는 기대를 했다는 걸. 세상을
뒤덮는 꽃의 꿈 때문에 방랑한다는 걸
믿어줄까? 난 엽서만 만지작거렸다. 그러자
그가 질문을 바꾸었다.

"그동안 어딜 다녔어요?"

"아직 콜카타밖에 가보지 못했어요.
바라나시가 두 번째 여행지예요."

"아그라와 바라나시는 좋은 곳이죠.
여행자들이 정말 많아요."

상대는 자신의 목소리나 제스처, 몸을
숨기지 않았다. 난 그가 '제3의 성'이라는
걸 확신했다. 나도 너와 함께한 시간이

길었으니까 알아볼 수 있었다. 인도가 몇 년 전 제3의 성을 합법적으로 인정했음이 기억났다. 네가 여길 오고 싶어 한 것도 그 때문이었을까? 너와 같은 존재들을 우리의 터전보다 먼저 인정한 나라가 궁금했을지도. 상대는 안경을 콧잔등 위로 밀곤 내 엽서에 관심을 보였다. 그가 그림을 가리켰다.

"이 신이 누구인지 알아요?"

"아니요. 전 힌디어를 읽을 줄 몰라요."

"누군지도 모르면서 엽서를 샀네요."

"제 친구를 닮아서요."

상대가 웃음을 터트렸다. 난 귓불이 붉어졌다. 그가 내 대답을 오해하지 않아야 할 텐데. 그의 눈에 내가 어떻게 보일지 궁금했다. 난 다시 한번 엽서의 신을 찬찬히 살폈다. 해괴한 모습의 신은 주변에 커다란 꽃들을 둘러 멀리서 보면 만개한 꽃다발 같았다. 신의 이름을 묻자 대답이 돌아왔다.

"바후차라 마타."

그는 기도하는 손짓과 함께 자기 자신을 가리켰다. 그러곤 이어 설명했다.

"그분은 '히즈라'들의 신이에요."

히즈라? 단어의 뜻을 묻기도 전에 상대는 스카프의 끝을 잡아당겼다. 난 그의 목울대를 발견했다. 그도 나에게서 같은 기시감을 느낀 걸까? 그에게 난 동류였을까, 아니면 상관없었을까. 그는 내 반응은 개의치 않고, "내 친구의 이야기예요"라며 운을 띄웠다. 친구는 부모님 중 한 분은 사업가고 한 분은 교육자인 덕에 혜택을 많이 받았다. '히즈라치고는.' 인도에서 히즈라들은 가족으로부터 버림받는 경우가 대부분이다. 하지만 그는 다행히도 아니었다. 아직 인도에선 외음부를 거세하는 수술이 비위생적이고 위험한 상황에서 벌어진다. 친구는 대학 공부를 마치면 의사가 되어 더 안전한 기술을 배우고 집도하길 소망한다.

히즈라들은 생식 기능을 상실한 대신 타인에게, 특히 새로 태어난 아기와 그 가정에 축복을 내리는 능력을 얻는다. 히즈라가 기도하면 불임이던 곳에 아기가 태어나기도 한다. 그게 바로 바후차라 마타의 신성을 물려받은 히즈라의 숙명이다. 인도의 신들은 여러 인격을 가졌고 대부분이 양성적인데, 그 신격을 물려받은 존재가 바로 히즈라다.

그러나 많은 히즈라들은 아직 친구처럼 살지 못한다. 친구는 운이 좋은 편이다. 바라나시엔 히즈라 공동체가 있지만 여러 문제가 해결되진 못했다. 성 착취나 폭행, 매춘도 빈번하다. 그래도 최근 히즈라 국회의원이 당선되었으며, 인도인들은 전 세계

IT와 사업, 여러 분야의 선두를 이끌고 있다.
영국 수상이 인도계라는 걸 들어보았는가?
언젠가 친구도 변화를 주도하는 반열에
오르고 싶어 한다. 그렇게 말하는 상대의 눈에
꽃 그림자가 반짝였다. 난 모든 것이 그 자신의
이야기임을 알아차렸다.

마지막으로 그가 물었다.

"한국은 어때요?"

"음......"

"우리도 역사 속에서 인도의 신들을
금지당한 적 있었거든요. 하지만 그 전엔
지금보다도 훨씬 더 신에 가까웠어요. 거리엔
어딜 가나 신성한 축복으로 충만했죠. 한국도
비슷하죠? 식민지 시절이 있었잖아요. 이젠
많이 변화했나요?"

나는 할 말이 없었다. 내 침묵에 상대는
동정 어린 눈빛을 보냈다. 이곳에 처음 올

때만 해도 난 매그러운 한국 사회와 이곳을 비교하며 인도를 '이해해보려고' 했는데. 지금은 상황이 반대였다. 그는 너희도 신을 금지당하는 빈곤 속에서 산 적 있지 않느냐고 되물었다. 바후차라 마타, 그 신격을 물려받은 상대는 내게 축복의 기도를 건네는 제스처를 했다. 당신 나라의 역사가 여성과 남성, 그 외의 성별들을 얼마나 불행하게 만들었는지 공감한다는 얼굴로.

"히즈라들이 축복을 하면 꼭 이루어져요."

히즈라. 축복이 일인 사람들. 난 그들이 궁금했다. 그들은 여자와 남자 둘 중 하나만 선택할 필요가 없었다. 그들은 그저 히즈라였다. 신에게 바치는 꽃처럼.

곧이어 플랫폼으로 열차가 들어온다는 안내가 울렸다. 우린 메일 주소를 교환하고 각자의 자리로 떠났다.

사람들은 버스를 탈 때처럼 열차가
멈추기도 전에 달려가 문으로, 창문으로,
심지어 지붕에까지 기어올라 객실로 침입했다.
기차를 한번 타면 열몇 시간씩 달려야 하는데
입석은 너무 고통스럽기 때문이었다. 가족을
앉히려 처절하고도 위험한 사투를 벌이는
이들의 등을 멀거니 바라보았다. 나는 얌전히
기차가 멈추길 기다렸다 침대칸을 찾기만
하면 되었다. 그들보다 몇 배로 비싼 표값을
지불했으니까. 우르르 몰리는 사람들을 보며
품속의 엽서를 매만졌다.

매끈한 몸과 빈곤한 영혼을 가진, 자신을
축복해줄 신을 갖지 못한 한국의 여행자가
인도의 기차를 탄다.

❖

열 시간 넘게 달리는 바라나시행 밤 기차.
작은 커튼으로 한 평도 안 되는 공간을 가리면
끝없는 밤과 나만 남았다. 시트로 몸을 감싸니
덜컹거리는 레일 소리만 규칙적으로 울렸다.
바후차라 마타의 엽서를 창가에 붙였다.
그걸 응시하자 시간 감각이 혼미했다. 밤의
유리창엔 얼굴이 흐리게 비치고, 사람들은
저마다 잘 준비를 하느라 분주했다. 어두운
풍경 사이 희미하게 건물과 소들의 그림자가
비쳤다. 사람들이 창틀과 지붕을 뜯으며
소란을 일으키던 기차역과 달리 침대칸은
고요했다. 승객들도 목소리를 낮춰 대화한다.
창문에 비대칭 머리의 내가 비친다. 커다란
옷 덕에 몸의 윤곽은 도드라지지 않는다.
나는 소년처럼도, 소녀처럼도 보였다.

패스트푸드점에서 만났던 남자들을 떠올렸다.
그들은 날 여자로 정의하고 행동했다. 낯선
것, 은 언제나 여성적이니까. 히즈라, 제3의
성. 히즈라 중엔 여자에서 남자가 된 사람들도
있을까? 내 몸의 경계를 쓸어본다. 나에게
성(性)은 그다지 중요하지 않았음에도 사회가
그걸 과도하게 본다는 게 항상 낯설었다.
내 '성기'의 경험은 나의 무엇도 결정하지
않는다. 내겐 그보다 더 광범위한 범주들이
있었다. 나는 여성일 때도 있고, 아닐 때도
있고, 여성보다 더 큰 여성이거나 경계조차
중요하지 않을 때도 있다. 그런데 사람들은
자꾸만 성을, 그리고 여성을 협소하고
파편화된 존재로 욱여넣고 싶어 한다. '남성'과
'여성'의 개념은 개발된 것이다. 존재를
단순하게 규정하지 못하면 두려우니까. 손에
쥐고 휘두를 미약한 것들이 있어야 하니까.

그래야 착취와 폭력을 정당화하니까.

서서히 몸을 기울였다. 희고 작은 베개에 뒤통수를 대자 염습한 네 모습이 떠올랐다. 넌 흰빛으로 분칠되었고 참 말랐었다. 창백한 널 참기 힘들었다. 너는 찬란한 색을 한껏 두르기 좋아하는 사람이었기에. 무채색의 작디작은 관에 네가 담긴다는 사실을 참을 수 없었다. 지금 내 곁엔 오색 빛깔의 바후차라 마타가 있다. 이국의 신은 안다. 내가 얼마나 모든 것을 인내하기 힘들었는지.

꽃의 꿈은 깊은 계시처럼 찾아온다.

사람의 몸은 언젠가 노쇠하며 수만 가지로 변한다. 우리의 몸은 필연적으로 경계를 건넌다. 자연은 원래 혼란하다. 그걸 이분법 안에 두고 정상이라 부르는 일은 인간의 오만이다. 통제를 위해서만 발명된 구분을 숭상하는 건 우습다. 세상엔 100만

개의 신, 100만 종류의 여성, 100만 분류의
남성이 필요하다. 제3, 제4, 제5와 제6의 성이
발생하고, 제7의 성과 제8의 성이 서로를
사랑하고, 제11의 성과 제13의 성이 동반자가
되어 '남성' 같은 개념 따위 가장 작고
초라해질 때에야 영혼엔 자유가 찾아올지도.

　　꽃 따위로 멸망할 세상이었으면
진작 멸종했어야 한다. 너에 대한 지독한
그리움은 누가 구원할 수 있을까. 차라리
꽃이 살인자라면 마음껏 미워할 수 있었을
텐데. 하지만 꽃은 사랑의 모습을 하고 수억
년이나 침묵했다. 진실은, 애써 위장할 필요가
없다. 존재하는 모든 찰나를 나름의 방식으로
피우고 그윽한 향으로 스러진다.

　　바후차라 마타를 향해 기도하곤 잠들었다.
　　아침엔 시끌벅적한 소음과 함께 일어났다.
세 명의 히즈라들이 기차 복도를 거닐며 돈을

요구하고 있었다. 가짜 금박 무늬로 장식한 오렌지빛 사리와 커다란 연꽃 모양 귀걸이, 흰 꽃 장식을 붙인 머리, 미간에 찍은 붉은 반디, 길게 그린 눈썹을 가진 사람 셋이 돌아다녔다. 그들의 체형은 제각각이었다. 손이 두툼하고 어깨가 넓은 사람도, 마르고 가는 사람도 있었다. 그들은 노래를 부르며 손목을 돌렸다. 그러고는 사람들의 정수리를 건드리고 돈을 요구했다. 인도 승객들은 익숙한 상황인 양 별다른 신경을 쓰지 않았다. 반은 지폐를 건넸고 반은 무시했다. 손목에 여러 겹의 팔찌를 찬 히즈라가 내 쪽으로 다가왔다. 그가 손목을 움직일 때마다 찰그랑거리는 소리가 울렸다. 객실이 어설픈 춤과 불협화음이 섞인 주술적 노래로 요란했다. 대기실에서 만났던 대학생과 달리 그들의 머리카락은 찌들고 눈은 충혈되었다. 상대가 날 보고

이빨이 드러나도록 웃었다. 히즈라는 어깨를
간들거리며 부르튼 손바닥을 내밀었다. 난
주머니를 뒤져 돈을 꺼냈다. 그걸 본 다른
히즈라들이 몰려와 앞다투어 손을 디밀었다.
당황하며 남은 지폐들을 찾다가 문득
바후차라 마타의 엽서를 꺼냈다.

"구루를 만날 수 있어요?"

뜬금없이 묻자 히즈라들은 눈썹을
찌푸렸다. 그러곤 자신들끼리 무언가를
쑥덕거렸다. 등줄기에 식은땀이 솟았다.
그들이 갑자기 폭소를 터뜨렸다.

"돈을 내면 우리 중 누구랑이라도 가서
재밌게 놀 수 있어요."

아, 그들은 매춘을 얘기했다. 난 세차게
고개를 흔들었다. 난 그저 우리의 신이 운명에
숨긴 비밀이 궁금했다. 히즈라들은 구루를
중심으로 한 공동체를 이루어 산다고 들었다.

그래서 다시 말했다.

"나의 친구가 당신들과 같아요."

히즈라들은 서로를 마주 보더니 어깨를 으쓱하며 더 크게 웃었다. 그러더니 왁자지껄 떠들었다.

"당신은 동양 사람이잖아요. 동양에는 히즈라가 없어요."

"트랜스젠더를 말하는 건가? 트랜스젠더랑 우리는 달라요."

"아냐, 다른 지방 공동체엔 있다고 했어."

"그거랑 우릴 착각했나?"

"친구만 히즈라예요? 당신은요?"

그들은 고개를 까닥이고 비웃음이 역력한 시선을 보냈다. 그들의 목소리가 기차 칸을 채웠다. 난 대화를 알아들을수록 혼란에 빠졌다. 히즈라들은 헛소리는 이만 끝내라는 듯 손바닥을 탁탁 두들겼다. 지금 내게 그들이 원하는 바를 이뤄줄 방법은 이것뿐이었다.
주머니를 털어 더 많은 돈을 꺼냈다. 그러자
그중 한 명이 눈웃음을 지으며 내 가슴팍에
있던 펜을 가져가더니 바후차라 마타의 엽서
뒤에 주소를 하나 적었다. 난 고개를 숙였다.
그들은 내 머리통을 쓰다듬곤 옆 칸으로
엉덩이를 흔들며 사라졌다. 승객들의 시선이
내게 향하자 귀가 붉어졌다. 얼른 엽서를
품고 커튼을 쳤다. 그들의 하루 밥벌이와
나의 텅 빈 영혼, 고급 기차 칸엔 두 가지
빈곤이 돌아다녔다. 내내 열이 오른 얼굴로
바라나시에 도착했다.

　바라나시의 가트는 콜카타에 비하면
예술적이었다. 프랑스 파리보다도 이곳이

더 예술에 가까웠다. 수백 년 전부터 숨 쉰
건물들과 누군가 그려놓은 현대적 도식의
벽화들이 어우러졌다. 흙과 물이 반쯤 섞인
색의 강물엔 구름 낀 하늘이 비치고, 열
걸음마다 풍경의 빛깔이 바뀌었다. 번쩍이는
사리를 두른 여인들이 모여 빨래를 하고,
청록색 벽화 아래 꽃을 파는 장사꾼들과
그 꽃을 호시탐탐 노리는 야생 원숭이들이
돌아다녔다. 가트와 물의 경계엔 푸자 꽃이 한
무더기 떨어졌다. 그것들은 꽃의 은하수처럼
보였다. 홀린 듯 하루 만에 모든 가트를
밟았다. 발이 아프고 숨이 가쁠 때까지 네
유골을 품고 윤회의 강 주변을 떠돌았다.
이곳은 생과 사의 경계였다. 히즈라들을 다시
만나고 싶었다. 그들의 구루와 조우하면
우리의 슬픔을 달랠 수 있을까.

　　화장터에 도착했다. 이미 인파로 붐볐다.

검은 나무 제단에선 연기가 피어오르고,
상여를 운반하는 사람들과 유족, 허연 소,
구경꾼으로 발 디딜 틈이 없었다. 그 사이사이
검붉은 불길과 시커먼 입을 벌리고 누운
시체들이 있었다. 일꾼들은 기계적으로 나무를
쌓고 흰 수의로 덮인 망자들을 집어넣었다.
불이 몸을 태울 때 시체들은 어떤 비명도
지르지 않았다. 죽음의 경계를 넘은 몸은
나무토막 같았다. 시체는 그저 연기로,
침묵으로 화한다. 목이 바짝 탔다. 오른손에 네
유골을 쥐었다.

　　우리의 장례는 아직 끝나지 않았다.
우리에겐 애도가 더 필요했다. 그걸 곱씹으며
갠지스강 변으로 가는데 큰 소가 앞을
가로막았다. 소는 느린 되새김질을 하며,
마찬가지로 느긋한 걸음으로 길 중앙을
차지했다. 갈비뼈가 앙상한 소는 사람들이

화장터에 다가가는 걸 방해했다. 서서히 몸을
숙이더니 아예 주저앉아 꼼짝하지 않았다.
사람들은 이 짐승에게 불평하지 않았다. 대신
그를 피해 양옆으로 갈라졌다. 워낙 인파가
많던 터라 체증이 일어났다. 난 손바닥 안의
유리병을 틀어쥔 채 오도 가도 못했다. 그때,
누군가가 어깨를 두드렸다. 30대 초반 정도로
보이는 젊은 남자였다. 그는 뒤쪽의 3층짜리
폐건물 하나를 가리켰다.

　"좋은 전망대가 있어요. 돈을 내면 안내도
해줄게요."

　관광객들을 상대하는 호객꾼이었다.
나는 어이가 없었다. 남의 장례식을 구경하는
전망대가 있다니. 하지만 남자는 사람들로
빽빽한 가트 앞을 가리키며 위쪽이 더 잘
보인다고 설명했다. 그때 염소 한 무리가
옆으로 지나갔다. 걸어가는 그들의 발 아래로

둥근 똥이 툭툭 떨어졌다. 결국 호객꾼의 말을 따르기로 했다. 다만 가이드의 설명은 필요 없고, 조용히 풍경을 구경할 수만 있게 해달라고 부탁했다. 호객꾼은 날 건물의 2층으로 안내했다. 아무것도 없는 빈 공간이었다. 서양인 노부부 한 쌍만 있었다. 카메라를 든 그들이 눈인사를 했다. 머쓱하게 화답한 후 남자가 안내해준 창가로 갔다. 남자는 내게서 돈을 받고 다시 사람들을 모으러 내려갔다.

높은 곳에 오르자 확실히 화장하는 과정이 자세히 보였다. 그러나 내내 기분이 묘했다. 옆자리의 서양인 부부는 서로 무어라 대화를 나누며 인자한 얼굴로 연신 카메라 셔터를 눌렀다. 반면 나는 아무것도 하지 않고 멀거니 서 있었다. 누군가의 죽음이 누군가에게는 구경거리였다. 그리고 나 또한 돈을 지불하고

이 광경을 산 사람이었다. 손바닥에 땀이 배었다. 유리병이 미끈거렸다. 너는 허연 가루로만 나와 함께했다. 다시 화장터를 바라보았다. 사람들은 끊임없이 흰 천과 주황, 노랑, 빨간색 원단으로 감싼 시체들을 물속에 세 번씩 담갔다. 장작을 집어넣고 쉴 새 없이 태웠다. 끊임없이 반복되는 장례식은 정말로 아무 감정도 불러일으키지 못했다. 옆자리의 노부부를 곁눈질했다. 그들은 감탄하며 사진 촬영을 하는 중이었다. 머리가 희고 붉은 피부를 가진 저들은 나보단 죽음에 가까운 나이일 테니 이 장소에서 어떤 감동이나 통찰을 느끼는 걸까? 아니면 오리엔탈리즘에 불과한 환상을 덮어씌우는 중일까. 인도를 방문하는 사람들은 저마다 천차만별의 이유가 있으니 나 또한 그들의 심정을 함부로 재단하면 안 되었다. 하지만 자꾸 네 유골

병을 든 손이 축축해졌다. 우린 어떤 장례가 필요할까. 널 저런 장작 더미에 넣어야 할까? 아니면 같이 갠지스강에 몸을 던져 죽어야 할까? 언제나 매연으로 뿌연 인도는 강바닥도 보이지 않았다. 이곳에 이승의 경계는 없었다. 화장터에서 나온 연기들도 한몫했다. 오염된 윤회의 강물을 보트 하나만 가로질렀다. 그때마다 생기는 희미한 물줄기는 사후 세계의 편지 같았다. 온몸에 힘이 죽 빠졌다. 머릿속엔 히즈라들이 알려준 주소만 맴돌았다. 차라리 그곳에 네 영혼의 자리가 있으면 좋으련만.

어디선가 길고도 서러운 울음소리가 들렸다.

시선을 돌렸다. 머리가 새하얗고 비쩍 마른 노인 하나가 통곡하는 중이었다. 갠지스강에서 죽음을 맞는 건 영혼이

정화되는 영광스러운 과정이라 울지 않는다고
들었는데. 쉽게 우는 소리는 분명 어떤 사연을
품었다. 그는 손에 든 봉지를 움켜쥐었다. 네
유골처럼 하얀 것이었다. 사람들이 달랠수록
그는 한 맺힌 울음을 토했다. 대화 내용을
알아들을 수는 없었지만, 노인이 가진 게
누군가의 몸이나 뼈라는 확신을 했다. 이
화장터에서 장례를 치르려면 나무를 사야
했다. 장작 2킬로그램당 180루피였다.
부유할수록 더 많은 장작을 살 수 있었고,
가난하면 적은 양의 장작으로 시신을
태워야만 했다. 그는 장작을 사지 못한 게
분명했다. 갈비뼈가 드러날 정도로 마른 저
노인은 맨발로 가트에 꿇어앉아 절절하게
울었다. 그 모습을 벌건 눈의 소가 지켜보았다.
똑같이 갈비뼈가 드러난 저 동물이 말이다.
울음소리는 이곳까지 들릴 정도로 처량했다.

사람들이 노인의 등을 두드렸다. 한 남자가 조심스럽게 장작 더미를 가리키며 그곳에 든 것을 넣으라고 손짓했다. 그제야 노인의 울음이 잦아들었다. 그는 엉거주춤 몸을 일으키더니 훌쩍이면서 손에 든 봉지를 상대에게 건넸다. 화려하게 장식된 여타 시체들과는 달리 볼품없는 봉지였다. 사람들은 그걸 받아 화장터 주인 몰래 장작 더미 속으로 넣었다. 노인은 오래도록 눈물을 멈추지 못하고 검고 마른 어깨를 들썩였다.

구루를 찾아야 한다…….

불현듯 이 생각에 사로잡혔다. 어두컴컴한 건물 속에서 미아가 된 기분이었다. 히즈라들의 주소만이 날 이끌 수 있었다. 노부부에겐 인사를 건네지 않았다. 조용히 건물을 빠져나왔다. 가트에서 제일 먼 골목으로 들어섰다. 노인의 울음소리가 등 뒤를 따라왔다.

　그 때문이었을까. 길을 헤맸다. 지도상의
위치는 이곳이 맞는데, 히즈라 공동체는커녕
원숭이가 뛰어다니는 낡은 슈퍼마켓만 보였다.
주소를 몇 번씩 확인해도 마찬가지였다.
현지인들도 엽서의 주소는 여기가 맞는다고
했다. 그러나 이곳엔 팔을 붙잡고 물건을
강매하는 사람들뿐이었다. 구루도,
히즈라들도 없었다. 난 망연자실했다. 가트가
내려다보이는 계단 끝으로 올라 히즈라들을
찾으려 애썼다. 진짜인지 가짜인지 모를
지저분한 행색의 수도승들만 다가와 내게
꽃목걸이를 씌우고 이마에 붉은 인을 찍었다.
그들은 축복 몇 마디를 왼 후 돈을 내놓으라고
했다. 그렇게 몇 장의 루피를 더 빼앗기니
허탈함만 몰려왔다. 히즈라들은 거짓말을
했다. 진짜 집의 주소를 알려주지 않았다. 난

가짜 주소를 들고 더위 속에서 몇 시간이나
허비했다.

수도승이 억지로 걸어준 꽃목걸이가
목덜미를 간지럽혔다. 피부가 가려워 목걸이를
담벼락 위로 내던졌다. 유골 병도 위에 올렸다.
등이 땀으로 흥건했다. 저 멀리서 붉은 얼굴의
원숭이들이 쉭쉭댔다. 내리쬐는 햇볕은 무덥고
도처에서 냄새가 났다. 최악이었다. 숨 쉬기도
불편한 거리에서 목적지를 잃었다. 숙소까진
거리도 꽤 있었다. 내가 과연 그곳까지 무사히
돌아갈 수 있을까? 확신이 들지 않았다.
호흡만 점점 가빠졌다.

그때였다. 벽을 타고 내려온 원숭이들이
꽃목걸이를 잡아챘다. 그 바람에 유골 병이
담벼락 건너로 굴러떨어졌다.

난 비명을 지르며 그걸 잡으러 달렸다.
하지만 손가락만 한 유리병은 바닥에

닿자마자 깨졌다. 유골 가루가 바람에 섞여 사방으로 흩어졌다. 네가…… 순식간에 사라졌다. 이곳까지 함께했던 네가…… 단 몇 초 만에 부재했다. 잔해라도 모으려 손바닥으로 바닥을 쓸었지만 소용없었다. 넌 자꾸만 강 쪽으로 흩날렸다. 허공에 손을 허우적대도 잡히는 건 없었다. 난 비틀거리며 강변으로 향했다. 세상이 죄다 원망스러웠다. 너도, 세상도, 거짓 주소를 알려준 히즈라들도, 사기극처럼 굴러가는 화장터와 숨 막히는 첫 여행지인 콜카타까지 전부…… 충동적으로 강 속에 무릎까지 넣었다. 네가 그 방향으로 자꾸 흩날렸으니까. 서늘한 물속만이 내가 있을 곳 같았다. 사라지고 싶어, 난 아예 잠겨 죽을 생각으로 머리까지 집어넣었다. 비릿한 냄새가 올라왔다. 씁쓸한 맛이 느껴졌다. 강은 많이 오염되었다. 윤회의 강은 생각보다도 더 불쾌했다. 그때, 누군가와 이마를 부딪혔다.

"어떤 년이야?"

상대가 고함을 빽 지르는 바람에 난
기겁하며 몸을 일으켰다. 눈앞에 기다란
청록색 사리가 솟아올랐다. 어깨와 정수리에
온통 꽃을 묻힌 사람이었다. 상대는 잔뜩
화난 얼굴로 쏘아보았다. 그와 눈을 마주치자
기시감을 느꼈다. 코와 귀를 연결한
피어싱과 장신구들, 허스키한 목소리. 익숙한
얼굴이었다. 기차 침대칸에서 거짓 주소를
알려주었던 히즈라였다. 난 주머니에서 젖은
엽서를 꺼냈다. 그걸 상대의 코앞에 들이밀며
소리쳤다.

"거짓말쟁이!"

고장 난 사람처럼 내가 이 단어만
반복하자 상대는 당황스러운 표정을 지었다.
그러다 동료들이 몰려오는 소리에 화들짝

놀라더니 엽서를 빼앗아 무언가를 감싼 후 사리 속으로 숨겼다. 난 반사적으로 그의 사리 끝을 콱 쥐었다. 상대와 내 눈이 마주쳤다. 그가 눈을 부릅뜨고 미간을 찌푸려두. 지지 않고 노려보았다. 푸자 꽃들이 우리 주변을 맴돌았다. 진득한 비린내와 성가신 꽃들의 소용돌이 속에서 우린 물방울을 뚝뚝 흘리며 대치했다. 무릎이 아렸다. 뒤쪽으론 눈먼 개들이 지나갔다. 히즈라의 동료들이 우릴 에워쌌다.

"무슨 일이야?"

누군가의 물음에 난 그만 큰 재채기를 했다. 덕분에 우리의 싸움은 끝이 났다.

내가 정말로 가짜 주소를 따라 헤맸다는

걸 안 후, 히즈라는 박장대소를 터트렸다.

"차이, 그래도 우린 이렇게 다시 만났잖아."

그는 내 이름에 '차(茶)'를 뜻하는 글자가 있다는 걸 알고 나선 날 '차이'로 불렀다. 그건 인도인들이 매일 마시는 음료의 이름이었다. 나도 이 웃긴 호칭을 굳이 정정하진 않았다. 인도식 이름을 선물받은 셈 쳤다. 그는 자신의 이름을 '쿠마르'라고 소개했다. 쿠마르는 다시 한번 히즈라 공동체를 왜 찾느냐고 물었다. 난 고민했다. 어떻게 대답해야 배부른 몽상가의 투정처럼 보이지 않을까. 운명처럼, 우연처럼 네 죽음의 방식을 이해하고 싶었다면 말이 될지. 고민 끝에 이렇게 대답했다.

"히즈라들은 죽으면 어디로 가는지 구루에게 물어보고 싶어. 히즈라에게 사랑은 무엇인지도 알고 싶고. 내 친구는 사랑을 말한 후 죽었어. 대체 이 세상은 무슨 의미야?"

쿠마르는 날 조용히 내려다보았다.

그 어깨에선 아직 강물의 냄새가 풍겼다.

쿠마르는 품속에 숨겼던 무언가를

만지작거리더니 주변을 확인했다. 아무도 없는

걸 확인한 후 속삭였다.

"이상주의자 이방인아. 구루가 모든 걸

안다고 기대하진 마. 게다가 우리 구루는 이제

안 계셔. 내가 차기 구루가 될 예정이지."

"진짜? 또 거짓말은 아니지?"

"뭐하러 그러겠어? 구루는 새벽에

돌아가셨어. 오늘 밤 사원의 일꾼들이 그분의

시체를 무덤으로 옮길 거야. 히즈라의 시신은

밤에만 옮길 수 있거든."

"히즈라들은 화장을 안 해?"

"그래. 여기는 바라나시잖아. 이곳에서

죽은 사람들은 목샤(Moksha, 힌두교의 궁극적인

이상과 목표, 윤회로부터의 해탈)의 영광을

얻어. 영원히 해탈하는 축복 말이야. 그러니 우리에게 화장 같은 건 필요 없어."

설명을 하는 쿠마르는 어딘가 초조해 보였다. 눈을 빠르게 돌리고 계속 누군가 엿듣지는 않는지 살폈다. 저 멀리 바람이 꽃잎들을 흩뜨렸다. 넌 목샤의 영광을 얻어 사라졌을까. 지상의 미아들을 비웃으면서 나 또한 미련에서 해방되라고……. 쿠마르에게 네 얘기를 털어놓았다. 쿠마르와 난 고작 두 번째 만났고, 시간이 지나면 서로의 이름도 잊을 테니 온갖 것들을 얘기할 수 있었다. 쿠마르는 기차 안에서 나긋나긋하게 웃거나 돈을 내지 않는 사람에게 욕을 퍼붓던 모습과 달리 내 얘기를 경청했다. 그러곤 나를 인적이 드문 곳으로 데려갔다.

"차이."

그는 다시 날 이렇게 불렀다.

"우린 전통적으로 누구의 눈에도 띄지 않는 밤에 매장되어야 해. 경전에도 나와 있대. 여신의 축복이자 저주라서 그래. 구루와 차기 구루들은 법도를 따를 필요가 있어. 그런데…… 내 어머니이자 자매였던 전 구루는, 사실 다른 죽음을 원했어."

쿠마르는 자신이 숨겼던 것을 꺼냈다. 엽서로 감싼 기다란 것을 손끝으로 만지작거리며 날 찬찬히 응시했다.

"지금부터 말하는 비밀은 네가 원하는 만큼 멀리 데려가. 어쩌면 멀수록 좋아. 몇 년 전 이 동네에 성폭행 사건이 있었어. 우린 그 작자를 교수형에 처하라는 운동을 벌였지. 나도, 구루도 그 시위에 함께했어. 남자든 여자든 죄다 거리로 몰려나왔고, 사람들과 춤을 추고 범죄자들에게 저주를 내렸지. 히즈라들의 저주는 정말로 효과가 있거든.

결국 법원은 사형을 선고했어. 우린 기쁨의
피켓을 들고 마을을 한 바퀴 돌았어. 그날
밤…… 우연히 우리의 묘지를 보았어. 우리의
장례에서 일어나는 일들을.”

　입이 바싹 말랐다. 쿠마르는 담담하게
말을 이었다.

　“히즈라의 장례식을 목격하면 우리처럼
환생한다는 말이 있어. 그래서 누구도
히즈라가 어떻게 묘지에 묻히는지는 몰라.
다신 이렇게 태어나지 말라고 묘지기들이
구둣발로 시체를 두들겨 정화한다고만 들었지.
우리도 그걸 직접 본 건 처음이었어. 시체가
그렇게 처리된다는 걸 익히 알았지만……
머리론 알았지만…… 모르겠어. 갑자기 울음이
터졌거든.”

　“……”

　“뭘 어쩌겠어? 이미 그 광경을 보았으니

우린 다음 생에도 또 히즈라로 태어날 거야. 그래서였을까, 구루는 이 생에서라도 다른 최후를 원했어. 죽은 몸이 짓밟히는 걸 본 순간 속에서 무언가 깨져버렸는데 정체를 모르겠다고 하셨어. 종종 타 지역의 히즈라들은 다른 죽음을 맞느냐고도 물었지. 이 동네를 벗어난 적 없는 우리가 뭘 알겠어? 그래도 구루는…… 다른 장례식을 치러달라고 부탁했어. 남몰래. 하지만 임종은 갑작스러웠고, 어떻게 해야 할지 모르겠더라고."

그가 종이를 펼치자 거뭇한 회색이 섞인 머리카락들이 나왔다. 그는 소중한 보물이라도 되는 양 머리카락을 손으로 받쳤다. 그와 나는 똑같이 사랑하는 사람의 죽음을 훔쳤다. 그는 다른 동료들 몰래 윤회의 강에 구루의 머리카락을 적시던 중이었다. 그걸 내가 방해했다. 흰 유골과 마찬가지로 허옇게 바랜 머리카락이 젖은 채 늘어져 있었다. 그건 꽃의 뿌리처럼 뒤엉켜 곱슬거렸다.

쿠마르는 누구에게 들킬세라 빠르게 머리카락을 다시 품속으로 집어넣었다. 나는 너의 장례식을 떠올렸다. 타인의 종교가 강요하는 모습으로 분하고, 그들이 제시하는 식순을 따라 실려가던 네 관……. 그걸 기억한다. 네 가족들은 네 영혼과 몸을 용서해달라고 기도했다. 난 화가 났었다. 누가 누굴 용서하고, 속죄해야 하는지. 내가 본 너의 삶은 죄가 아니었다. 누구에게도 널 쉽게 단죄하거나 용서할 권리는 없었다. 그래서……

난 네 유골을 훔쳤다. 낯선 히즈라와 나는 똑같은 짓을 저질렀다. 그날의 기억이 눈앞에 생생했다.

장례식을 치르는 동안 몰래 운구차에

숨었다. 화장터에서 가족들이 네 죽음을
증명할 서류를 작성하는 사이 너의 관을
열었다. 염습된 네 입을 열자 쌀이 한가득 차
있었다. 그것을 빼내고 대신 네가 평생토록
나에게 선물했던 꽃들을 채워 넣었다.
물오름의 흔적이 남은 꽃송이들이 잇새와
목구멍을 메웠다. 그제야 네 눈을 감겼다. 너는
목구멍에 꽃을 담은 채 화구 속으로 들어갔다.
누구도 네가 쌀 대신 다른 걸 삼켰음을 몰랐다.
널 채운 건 꽃이었음을 몰랐다. 마지막으론
사람을 매수해 너의 뼛가루를 조금 얻었다.
불탄 꽃들의 향이 자욱한 네 유골 가루를. 이게
내 여행의 시초였다.

　　나는 쿠마르 손바닥 안의 머리카락을
가리켰다.

　　"내가 그걸 훔쳐줄까?"

　　쿠마르의 커다란 눈이 날 향했다. 난

진심을 담아 그를 바라보았다.

"난 '이방인'이잖아."

"……"

쿠마르는 고민에 빠졌다. 몇 번이나
머리카락을 꺼냈다 숨기고, 손에 쥐었다가
품에 넣었다. 이를 딱딱 부딪히면서 생각을
곱씹었다. 멀리서 다른 동료들이 그를 불렀다.
시간이 많지 않았다. 쿠마르는 이제 공동체의
지도자가 되어 사람들을 이끌어야 한다.
합법적인 방식이든 경멸스러운 방식이든.
사람들이 다시 한번 쿠마르의 이름을 크게
불렀다. 그는 물에 젖었던 스카프를 쥐어짰다
털면서 계속 내 의중을 파악했다. 이윽고
그가 다급하게 주소를 적을 만한 종이나 펜이
있는지 물었다. 가방에서 새 엽서와 펜을 꺼내
주자 그는 백지 위에 한 사원의 주소를 적었다.

"구루의 장례는 이곳 사제들이 도와줘.

오늘 낮엔 사원 앞에서 결혼식이 있을 거야. 사람들은 정신없이 분주하겠지. 틈을 타 이곳에 머리카락을 숨겨둘게. 네가 이걸 찾는다면 구루와 신의 뜻으로 여기겠어. 이국의 방식으로 치르는 장례든, 기상천외한 장례든 마음대로 해. 국경을 넘어온 네게 이 죽음을 부탁할게. 신이 우릴 이끄시겠지. 하지만 만약 네가 찾지 못한다면……."

쿠마르는 말을 잇지 못했다. 사람들이 이쪽으로 다가오는 중이었다. 쿠마르는 젖은 스카프를 내게 둘러주었다. 마지막으로 자신의 한쪽 귀걸이를 떼어 나의 귓불에 달았다. 그러자 난 완벽한 혼종으로 보였다. 쿠마르가 씨익 웃고는 엉덩이를 흔들며 떠나갔다. 새 엽서에 적힌 주소를 머리에 새겼다. 이번만은 쿠마르가 거짓말을 한 것이 아니길 빌면서.

"잘 가, 차이. 행운을 빌어."

쿠마르의 마지막 인사였다.

라마 신이 모함을 받고 유배를 갔을
때, 남자와 여자들은 모두 그를 떠났지만
어디에도 속하지 않은 히즈라들은 유일하게
남아 신을 기다렸다고 한다. 그 덕에
히즈라들은 특별한 능력을 받았다. 축복이자
저주인 능력을.

쿠마르가 적어준 주소지엔 하얀 사원이
있었다. 개성을 뽐내는 건물들 사이 홀로
고아한 건축물이었다. 멀리서 보면 도서관이나
공공기관으로 느껴질 만큼 단아했다. 그곳에
다가가자 원색으로 칠해진 커다란 벽화가
눈에 띄었다. 황금관을 쓴 사람들이 둘러선
가운데 붉은 옷을 입은 무희가 하늘을 향해

춤을 추는 그림이었다. 한 여자가 무희의
머리카락을 향유로 씻겼고, 그 옷자락 끝은
천상의 신이 쥐었다. 금색으로 번쩍거리는
바탕 속에서 신들은 연보랏빛이나 청록색
피부를 빛냈다. 사원 안으로 발을 들였다.

　　내부는 시끌벅적했다. 사방에 휘장이
걸렸고 사람들이 바삐 드나들었다. 인파는
계속 늘어났다. 사원과 연결된 뒷마당으로
각종 음식과 악기들이 실려 갔다. 용기를
내어 더 안쪽으로 들어갔다. 흰옷을 입은
남자 둘이 입구에 서 있었다. 한 명은 머리가
희끗한 노인이었다. 다른 한 명은 외국
배우처럼 머리를 뒤로 묶은 젊은 남자였다.
이마와 콧잔등에 흰 표식이 있는 걸로 보아
사제들이었다. 노인은 이마에 물소의 뿔 모양
표식을 가졌고, 다른 이들보다도 유난히
옷이 깨끗했다. 이목구비가 잘생긴 다른

사제는 그보다는 누런 옷을 입었는데, 나이에 상관없이 허물없는 친구처럼 서로 농담을 주고받고 장난을 쳤다. 그들은 날 발견하곤 환영하며 들어오라는 손짓을 했다.

이곳은 관광지가 아니라 도시 한구석에 자리한 작은 사원이었다. 안쪽 담벼락을 따라서도 신화를 그린 벽화가 늘어섰고, 중앙에 커다란 종과 제단이 있었다. 복도는 큰 방으로 이어졌는데, 그곳으로 이어지는 길목 또한 화려했다. 어두컴컴한 통로엔 연꽃을 띄운 바다와 하늘이 펼쳐졌다. 창백한 흰 염소나 붉은 두발을 가진 인물의 부조, 해골을 이어 붙인 목걸이에 혀를 쭉 내민 여신의 모습들이 곳곳에 있었다. 사제들은 나를 작은 방 앞으로 인도했다. 붉은 천을 덮은 연두색 나무판자로 내부를 가린 곳이었다. 그들은 조금만 기다리면 무언가가 시작될 거라고 알려주었다.

　젊은 사제가 마당 한가운데의 천막을
가리켰다. 그 아래 온통 흰 예복을 입은 콧수염
짙은 남자와, 금박이 달린 붉은 사리로 치장한
여자가 앉아 있었다. 여자의 사리는 지금껏
본 어떤 옷보다도 화려했다. 금색 자수는
드레스 아래로 내려갈수록 복잡하게 퍼져
만개한 꽃 같았다. 신부의 귀에서부터 코까지
구슬들이 길게 이어졌고, 팔목에도 보석이
가득했다. 신랑은 나이가 지긋했지만 신부는
훨씬 어렸다. 신부는 화사한 의복과 달리 굳은
표정으로 앉아 있었다.

　사제가 저들이 결혼식 주인공이라고
알렸다. 이들은 한낮엔 붉디붉은 결혼식을
진행하고 저녁엔 히즈라의 장례를 치를
예정이었다. 본격적인 식 전에 크리슈나
신에게 기도를 올리는 예배가 있었다. 나도

예배를 참관하기로 했다. 사제들을 따라 다른 방으로 이동하면서 본 신랑과 신부는 돌처럼 앉아만 있었다. 춤을 추는 건 잔뜩 취한 노인과 남자들뿐이었다. 구석에선 여자들이 눈물을 닦았다. 그중 푸른 사리를 입은 여성이 특히 눈에 띄었다. 그는 눈 한 번 깜박이지 않고 울었다. 시선 끝엔 신부가 있었다. 신부는 눈을 내리깐 채 여자들을 절대로 쳐다보지 않았다.

시계가 정각을 알렸다. 다른 방에서 덩치 큰 사제 한 명이 나왔다. 그는 쌀가루가 고깔 모양으로 쌓인 쟁반을 손에 들었다. 쌀가루 주변에 노랗고 붉은 소스들과 감자, 고기, 떡이 있었다. 나이 든 사제가 긴 줄을 당겨 종을 울리자 사원의 문이 열렸다. 주민들이 제단 앞으로 모였다. 그들은 이방인인 나를 힐끔거렸지만 말을 걸진 않았다. 곧 악기 연주자들이 음악을 연주했다. 덩치 큰 사제는

낙엽 모양으로 갈라진 촛대로 큰 원을 그렸다. 북과 종이 요란하게 울리는 가운데 사제가 의식을 개시했다. 커다란 부채로 바람을 일으켰다가, 붓으로 주변을 털고, 신상 앞에 엎드려 절을 했다. 다시 촛불을 꺼내어 연기 위로 손바닥을 가져다 댔다. 그 후 연기를 쐰 손으로 머리를 감싸듯 어루만졌다. 주민 몇이 동작을 따라 했다. 연주는 무아지경으로 고조되었다. 숨죽이고 낯선 신에게 올리는 기도를 지켜보았다. 갑자기 치열하게 부대끼던 속세가 멀어졌다. 오직 파동과, 불꽃과, 제단 위의 꽃과, 원을 그리는 동작만이 존재했다.

구루는 어디에 있을까.

죽어버린 구루의 머리카락은 어디에 있을까. 쿠마르의 말이 이번엔 진실이었을까?

기도 동작이 점점 커졌다. 다른 차원으로 빨려 드는 것처럼 묘한 기분이었다. 절정으로 치달은 의식은 긴 나팔 소리를 끝으로 마무리되었다. 나이 든 사제가 다가와 둥근 그릇에서 마른 과일과 견과류를 한 움큼 집어 손바닥에 놓아주었다. 먹어도 된다는 손짓에 본능적으로 입 속에 털어 넣었다. 고소한 맛이 감돌았다. 사제는 함박웃음을 지으며 주민들이 안쪽 방에서 다 같이 식사를 하니 먹고 가라고 권했다. 아직 구루를 찾지 못한 나는 그렇게 하겠다고 대답했다. 사제는 만족하며 작은 방으로 들어갔다. 그리고 주황색 휘장이 달린 옷으로 환복하고 나타났다.

저 멀리, 하객들이 신랑과 신부를 축복하며 꽃목걸이를 걸어주었다. 오는 사람마다 겹겹이 목걸이를 선물하는 탓에 부부는 거의 꽃에 파묻혔다. 바깥에서도 노래가 들렸다. 수많은 사람이 엉겨 춤을 추었다. 이곳의 결혼식은 흰색이 아니었다.

붉고, 요란하고, 어지러웠다. 꽃 무덤 속
예비부부를 보며 식장과 사원의 경계에서
손을 씻는데 젊은 여학생 하나가 영어로
말을 걸어왔다. 난 구석의 여자들을 가리키며
그들이 왜 우는지 물었다. 여학생은 원래
결혼하기로 했던 언니가 급사한 바람에
동생이 대신 결혼한다고 답했다. 내가 말을
잇지 못하자, 그가 이어 설명했다. 인도에서의
결혼은 지참금이 많이 들어 어쩔 수 없다고. 이
나라의 여자들은 지참금 때문에 살해당하거나
자살하는 일도 부지기수이니 살려면 어쩔
수 없다고. 난 다시 예비부부를 바라보았다.
그들에게서 연애 감정이나 사랑은 찾아볼
수 없었다. 그저 꽃과 돈, 장신구에 짓눌려
파리해진 얼굴로만 있을 뿐. 어린 신부가 딱 한
번, 긴 속눈썹을 들어 나와 시선을 마주했다.

　　저들이 생각하는 모든 건 내가 아니야.

그것들을 제외하고 마지막으로 남은 단 한 가지,

그것만이 나야. 나는 가짜 신부.

눈동자에서 말들이 읽혔다. 눈을
깜박이지 않던 푸른 사리의 여성이 신부에게
꽃목걸이를 주러 다가갔을 때였다. 난 신부의
속눈썹이 얼마나 흔들리는지 지켜보았다.
상대가 다가갈수록 신부는 창백해졌다.
그러다 다시 인형처럼 깊게 고개를 숙였다.
꽃들이 목을 조르는 마냥. 푸른 사리의 여성은
담담히 꽃을 걸곤 자리로 돌아갔다. 그러나
결혼식이 끝날 때까지 고개를 숙인 채 자리를
뜨지 않았다. 아는 사람만 알아차리는 슬픔의
파동이 번졌다.

벽면에 놓인 검푸른 신상들이 날
바라보았다. 그것들 또한 온통 꽃으로
뒤덮였다. 공작새처럼 화려한 왕관을 쓰고 한
손에 피리를 든 신의 손톱은 복숭아색이었다.

온몸에 화려한 장신구와 꽃을 둘러 얼핏
보면 성별을 짐작할 수 없었다. 크리슈나
신과 그 연인인 라다였다. 라다는 짙은
이목구비에 보석으로 치장한 여인이었다.
둘 모두 황금관을 얹은 길고 풍성한 검은
머리에, 짙고 그윽한 눈매로 서로에게 미소를
지었다. 장식과 꽃은 그들의 체형을 가렸다.
그래서 둘 다 여성으로도 보였고, 머리 긴
남성으로도 보였다. 라다와 크리슈나는 전
우주에 둘도 없는 사랑이었으나 속세의 결혼
같은 제도로는 묶이지 않았다. 그들은 형식과
한계를 초월한 사랑의 상징이었다. 때로 반은
여자 반은 남자였고 혹은 뒤바뀌거나 섞였다.
사람들은 신 앞에서 인간의 결혼식을 올렸다.

　　기도와 축하를 마친 주민들이 삼삼오오
모여 방 안에 둘러앉았다. 나와 대화를 했던
여학생이 자리를 만들어주었다. 사람들이

접시를 돌렸고 내게도 그릇이 주어졌다. 배식 담당자들이 돌아다니며 밥과 카레, 부드러운 반찬과 소스, 희고 단 우유 같은 액체와 떡처럼 쫄깃한 디저트를 나누어 주었다. 식사 전엔 다 같이 양손을 머리 위로 들고 기도를 했다. 사람들이 합창했다.

(신을 부르는 만트라)

여러 인격을 가진 신을 찬양하는 소리가

울렸다. 나도 그들을 따라 했다. 그러자
사람들의 뺨이 상기되었다. 이방인인 내가
신의 이름을 말하는 걸 좋아했다. 그들은
어떻게 손으로 밥을 먹는지 차근차근
알려주었다. 밥과 함께 반찬들, 카레를 섞어
주무르면 경단 모양으로 동그랗게 뭉쳐진다.
그러면 내용물을 흘리지 않고 깔끔하게
식사할 수 있었다. 그러나 내 손은 그들만큼
야무지질 못했다. 자꾸 밥알 부스러기가
튀었다. 어린애가 된 기분이었다. 카레 가루로
오른손이 노래지도록 열심히 손을 움직였지만
영 허술했다. 식재료를 손바닥으로 느껴본
적이 언제였는지 까마득했다. 입으로 들어가
몸을 구성할 음식들을 원초적으로 감각하는
일이 생소했다. 걸음마를 막 시작한 아이처럼
어설픈 나를 여러 겹의 꽃목걸이를 두른
크리슈나와 라다 신이 지켜보았다.

사람들이 그릇을 정리하는 동안, 난 크리슈나와 라다 사이로 다가갔다. 그리고 꽃더미 사이로 질퍽거리는 손을 집어넣었다. 아무것도 잡히지 않았다. 구루의 머리카락도, 무엇도 없었다. 손엔 음식 냄새만 풍겼다. 라다와 크리슈나는 빙긋 웃고만 있었다. 팔을 더 뻗어 안을 헤집었다. 예식에 쓰는 기다란 칼집 하나만 잡혔다. 안은 텅 비어 있었다. 히즈라 구루의 몸은 찾지 못했다. 신은 내게 빈 껍질만 주었다. 그럼 이제 어떻게 해야 하지. 다음 목적을 알 수 없었다. 신에게 올린 기도는 나를 어디로도 이끌어주지 않았다. 난 내 영혼의 무게도, 네 영혼의 무게도 감당하지 못하는 사람이었다.

이곳에 모인 사람들에게 축복을 내린 후 떠났다. 어쩌면 저주였을지도 모르는 축복을.

❖

그리하여 나는 잃어버린 네 유골이
잠든 강가에, 이름 모를 히즈라 구루의
머리카락조차 찾지 못한 얼간이가 되어
돌아왔다. 새벽 4시였다. 삯을 두 배로 내자
뱃사공은 흔쾌히 보트를 빌려주었다. 스스로
노를 저어 강 한가운데로 나아갔다. 둔치에서
멀어질수록 짙은 어둠으로 감싸였다. 묵직한
노의 움직임이 아니었더라면 우주에서 길을
잃은 듯 두려웠을 것이다. 하지만 난 침착했다.
오히려 가슴속엔 기묘한 평온이 있었다.

　　가진 돈을 털어 디아(갠지스강의 여신에게
바치는 꽃과 초를 담은 접시)라는 이름의
꽃불들을 잔뜩 샀다. 그걸 보트에 싣고 떠났다.
꽃에 무릎까지 묻은 채 어두운 강으로 노를
저었다. 인도의 새벽은 이르게 시작하니

누구보다 일찍 배를 출발시켜야 했다. 때가
되면 사람들이 목욕과 기도를 하러 나온다.
그 전에 가능한 한 멀리 가고 싶었다. 몸의
경계조차 모를 어둠 한가운데에서, 바닥을
더듬었다. 눈먼 사람처럼 오직 손바닥의
감각으로만 꽃불들을 찾았다. 손바닥에 작은
심지가 만져졌다. 물살에 가끔 배가 흔들렸다.
품을 뒤적여 성냥을 꺼내 그었다. 두 번
실패했고, 세 번째 시도에 겨우 손톱만 한
불을 켰다. 오밀조밀한 색색의 꽃이 보였다.
금방이라도 죽을 것처럼 부드러운 꽃들이었다.
그 속의 초에 불을 붙인 후, 물 위로 올렸다.
손가락을 담가 접시를 밀면 꽃불은 천천히
앞으로 나아갔다. 하나둘, 줄지어 띄운
꽃불들이 물살을 갈랐다. 반동에 다른 곳에
고였던 꽃들도 몰려왔다. 꽃불들은 기다랗게
꼬리를 물며 원을 그렸다. 물비린내와 시든

꽃의 향기가 뒤섞였다. 네 사랑이 자꾸만 기억났고, 하고 싶은 말들이 맴돌았다. 신성한 새벽에 어른거리는 불꽃들도 어둠 속을 빙빙 돌았다. 네게 질문하고, 그리워하고, 공허에 몸부림치고, 쓸쓸해하는 건 오직 내 몸뚱이뿐이었다.

저 멀리 일출의 흔적이 나타났다. 불그스름한 빛이 강 끄트머리를 물들였다. 강물에 비친 내 얼굴은 시커먼 그림자로 보일 뿐이었다. 그 사이를 꽃의 물결이 채웠다.

사랑해, 네가 그 말을 뱉을 줄 아는 존재라는 걸 기억한다. 육신 언저리에 고갈된 사랑을 매단 채 하루를 살고, 또 살아갔던 걸 기억한다. 지금쯤 꽃의 영혼으로 순환할 네 이름을 부른다. 영혼의 무게는 꽃만큼 가벼우니까. 얼마든지 경계를 넘었으리라. 허전하고도 아름다운 감각이 몸을 채웠다.

자유에 대한 갈망이 밀려왔다. 하지만
어디로 떠나야 해방될지 몰랐다. 죽음과
삶 사이에서 오직 꽃들만이 오염된 강물의
비린내를 휘감고 둥실거렸다. 뛰어내려
저것들에 둘러싸인 채 생을 마감한다면
카르마에 사로잡히지 않을까. 배를 불태워
커다란 불꽃으로 화하면 고통이 끝날까. 나의
장례식과 죽음은 온전히 내 소망과 의지대로
실현될까? 아니었다. 아직은 누구도 그걸
장담할 수 없었다. 경계 없는 삶, 경계 없는
죽음을 손아귀에 틀어쥐려 분투하는 것도
인간이나 하는 짓이었다.

　　차이, 한낱 우유를 넣은 음료의 이름으로
불린 이방인의 영혼도 갠지스강에서
정화될 수 있을까? 그다음은? 배를 좌우로
흔들었다. 하늘엔 붉은 경계선이 짙었다.
몸을 움직일수록 빛이 현란하게 꿈틀거렸다.

어디가 땅이고 강인지 구분할 수 없었다.
꽃불만 멀리 흐르고, 그것들이 세상의 틈을
밝혔다. 강변으로 돌아가고 싶지 않았다.
그러나 다른 곳으로 가고 싶지도 않았다.
햇빛을 난반사하는 물과 꽃만 내 그림자를
어지럽혔다.

그때, 꽃불들이 멈추었다.

눈앞에 다른 배 한 척이 떠 있었다. 낡은
보트였다. 내가 일으킨 파도에 흘러가던
꽃불들은 그 배에 가로막혔다. 새벽 어둠
속에서 노를 저어 지상을 떠나려던 건 나만이
아니었다. 수평선에서 햇빛이 새었다. 꽃에
휩싸인 보트가 일렁였다. 아침 빛줄기가
시야를 틔우고, 강변에선 하나둘 깨어난
사람들의 소리가 들렸다.

건너편 배 안에서 무언가가 꿈틀거렸다.
곧이어 휘황찬란한 붉은 사리가 드러났다.

사람이었다. 반쯤 얼굴을 내민 해가 강렬하고
눈부신 빛을 내뿜어 그와 나 사이를 채웠다.
잠깐의 점멸 후, 수놓아진 금색 꽃문양이
환히 드러났다. 아, 난 그를 알아보았다.
어린 신부였다. 지참금 때문에 언니 대신
결혼식에 붙들렸다는 여자. 푸른 사리의
여자를 보고 시체처럼 굳던 여자. 여자의
얼굴은 엉망이었다. 뺨은 번진 눈물 자국으로
시커멓고 팔다리는 보석 때문에 휘황찬란했다.
신부와 내 눈이 마주쳤다. 그 보트엔 노가
없었다. 일부러 물에 빠트렸거나 잃어버린
듯했다. 대신 드레스 옆에 긴 칼 하나가 놓여
있었다. 칼집이 없는 신들의 칼이었다. 난 그걸
어디서 훔쳤는지 알아챘다. 우리는 한동안
서로를 응시했다.

　　여자는 내가 흘려보낸 꽃불을 건졌다.
꽃불 속에서는 아직 연기가 올랐다. 머리

위로 둥근 해가 떠올랐다. 일출이 바라나시의 하늘을 밝히는 가운데, 어린 신부와 나는 경계에 떠 서로를 발견하는 중이었다. 말없이, 그저 꽃과 함께 흔들리는 채로.

목욕재계하러 온 사람들이 맨몸으로 강에 뛰어들었다. 풍덩 하는 소리가 날 때마다 죽은 이의 잿가루를 머금은 꽃들이 우리를 향해 계속 밀려왔다.

어디선가 긴 닭 울음소리가 들렸다.

신부와 나의 보트가 맞닿았다. 배와 강변 사이를 가로막은 꽃들의 홍수에 뒤섞여 우린 만났다. 나는 들고 있던 노를 신부에게 건넸다. 꽃잎이 가득 붙은 노였다. 축축한 뺨의 신부는 손을 뻗어 그걸 받았다. 장신구가 족쇄처럼 절그럭거렸다. 노를 쥔 여자가 나를 바라보았다. 꽃불들이 예리하게 타올랐다. 여자는 묵직한 노를 만지다가 칼을 들어

자신의 긴 머리를 잘랐다. 섬세하게 땋은 머리카락이 떨어졌다. 여자는 그걸 건넸다. 내가 받아 들자, 여자는 팔목의 보석들을 강물에 던졌다. 그리고 지상의 반대편으로 노를 저었다. 멀리, 태양이 떠오르는 방향으로.

빛에 휩싸여 사라지는 등을 바라보며 한동안 둥실거렸다. 누군가 날 찾을 때까지 그저 머리카락을 쥐고 떠 있었다. 여자의 머리카락에선 마살라 향이 풍겼다. 차이, 그 이름이 그리웠다. 사람들이 신부를 찾는 소리, 내 배를 발견하고 무어라 외치는 소리, 기도와 세수를 시작하는 소리가 들렸다. 꽃불은 생각보다 오래 타올랐다. 나는 여자의 궤적을 가린 채 계속 태양을 마주했다. 눈이 아팠고, 뺨이 달아올랐다. 붉은 사리의 신부는 영원히 도망갔다. 일출과 시체, 꽃들의 경계를 넘어서. 신의 공물이 된 꽃들은 무엇으로 환생하는지 알려주지 않은 채.

　난 다시 강변으로 밀려갔다. 여전히 생이 처절하게 날뛰는 저 땅으로.

　꽃 같은 태양 빛만 인간의 얼굴들을 비추었다.

작가의 말

《환생꽃》의 초안은 '차이'가 세상의
편견으로 인해 사랑하는 연인을 잃은 후, 꽃
공포증(phobia)에 시달리다 정말로 세상이
꽃의 폭풍으로 멸망할 지경에 이르러서야
자신이 얼마나 꽃을 사랑했는지 고백하는
이야기였습니다. 이 단편은 유례없이 많은
개작을 거쳐, 스무 번도 넘는 변화가 있었어요.
꽃의 디스토피아로 끝났던 초안은 점점
'차이'가 애도를 삶에 통합해가는 과정으로
바뀌어, 여행기로 새로운 끝을 맺었네요.

우리는 살면서 나와 다른 수많은 이의 존재 양식을 '판단'하려는 욕망에 부딪힙니다. 사람은 가치판단에서 자유로울 수 없지만, 딜레마에 부딪힐 때마다 더 많은 사람들을 살리는 방향이 어느 쪽인가 고민합니다. 그건 이미 존재하는 누군가를 배제하고 우리가 쉬이 '꽃'을 오독하듯 그들을 파편화하는 일로는 이룩할 수 없겠지요.

이 글을 완성하는 동안에도 몇 번의 부고를 지났습니다. 그때마다 방구석에 앉아 글쓰기라는 나약하고 허무한 행위에 기대는 시간이 부끄러웠습니다. 그럼에도 우리 안팎의 죽어버린 것들을 기리고 소생시키려는 욕망이 이 글을 놓지 않도록 만들었습니다.

이 이야기의 일부는 실재하는 경험에서 기인했고, 일부는 허구입니다. 그러나 많은 이들은 어떤 지점이 환생한 목소리이고, 어떤

게 거짓으로 꾸며낸 이야기인지 구분하지 못할 것입니다. 삶도 마찬가지입니다. 때문에 우리는 함부로 누군가의 삶의 경계를 판단할 수 없습니다.

경계를 넘은 당신들이 어딘가에서 꽃의 신으로 환생해 살아가리라 믿습니다.

2023년 5월의 끝자락에서
정이담

wefic - 20

환생꽃

초판 1쇄 인쇄 2023년 6월 23일
초판 1쇄 발행 2023년 7월 12일

지은이 정이담
펴낸이 이승현

출판2 본부장 박태근
스토리 독자 팀장 김소연
편집 강소영 곽선희 김해지 이은정 조은혜
디자인 이세호

펴낸곳 ㈜위즈덤하우스   **출판등록** 2000년 5월 23일 제13-1071호
주소 서울특별시 마포구 양화로 19 합정오피스빌딩 17층
전화 02) 2179-5600   **홈페이지** www.wisdomhouse.co.kr

ⓒ 정이담, 2023

ISBN 979-11-6812-720-3 04810
      979-11-6812-700-5 (세트)

값 13,000원

한 조각의 문학, 위픽 (wefic)